ジョン・バンヴィルの本棚

——伝統と個人の才能

加藤洋介　著

開文社出版

目次

バンヴィル主要著作一覧

バンヴィル主要著作一覧

Nightspawn（1971）『夜に生まれた者』
Birchwood（1973）『樺の木』（邦訳『バーチウッド』）
Doctor Copernicus（1976）『コペルニクス博士』
（邦訳『コペルニクス博士』）
Kepler（1981）『ケプラー』（邦訳『ケプラーの憂鬱』）
The Newton Letter: An Interlude（1982）『ニュートンの手紙』
Mefisto（1986）『メフィスト』
The Book of Evidence（1989）『事実の供述書』
Ghosts（1993）『亡霊たち』
Athena（1995）『アテーナ』
The Untouchable（1997）『闇を生きる者』
Eclipse（2000）『日食』
Shroud（2002）『死者の衣』
Prague Pictures（2003）『プラハの映像』
（邦訳『プラハ 都市の肖像』）
The Sea（2005）『海』（邦訳『海に帰る日』）
The Infinities（2009）『無限』（邦訳『無限』）
Ancient Light（2012）『遠い過去の光』（邦訳『いにしえの光』）
The Blue Guitar（2015）『青いギター』
Mrs Osmond（2017）『オズモンド夫人』
Snow（2020）『雪』
April in Spain（2021）『スペインの四月』

序論――バンヴィルの創作と文学理論

酔ったときに見える世界は現実でないと、だれが語れるだろうか。(1)

――『青いギター』

1

博識で鳴るジョン・バンヴィルの眼に、二〇世紀の文学研究が持続的に生産した理論はどう映るか。それを論じる試みは彼の創作の思想的系譜を知るために役立つだけでなく、多様な文学理論をふり返り、今日の視点でその価値を判断するためにも有益である。二〇世紀の文学研究の遺産を継承し、その今後の展開を予見するために、この同時代作家の小さな鏡面に映る映像は興味深い。

ジャン・アントワーヌ・ヴァトーの「シテール島の巡礼、」ピエール・ボナールの「浴槽の裸婦、」エドゥアール・マネの「草上の昼食、」ヨゼフ・スデクのプラハの写真と言えば、バンヴィルが創作のために利用した映像である。彼はしばしば過去の芸術家が生産した映像をとり上げ、それらが喚起する一連の連想を集め、物語を組み立てる。絵画の主題を言語で表現し、物語を展開する創作の方法をエクフラシスとよぶが、批評家が論じるように、(2) それはバンヴィルの創作の基本的方法である。「シテール島の巡礼」は彼の『亡霊たち』の冒頭で数人の登場人物が島に上陸する場面の原型であり、物語はヴァトーの映像を示唆する記述から動き出す。創作現場のバンヴィルが映像をつかって物語世界をよび起こす様子を想像すると、秘儀を行なう魔術師を連想し、このマニエリスム作家の姿として興味深い。本書で論じるように、バンヴィルはよく反響部屋のイメージをつかって人の意識をあらわすことがあり、特定の刺激を受けて複雑に反響する意識の反応から物語世界を構成する。まず、この独自の創作方法と文学理論の関係をとり上げ、巻頭の議論を起こそうと思う。

文学研究に刺激と反応の関係をもち込み、テクストが読者の心理に及ぼす効果を論じて文学理論を構築したのは一九二〇年代のI・A・リチャーズである。リチャーズは一九二三年にC・K・オグデンと『意味の意味』を出版し、語はそれ自体で意味をもたず、意識の反応を喚起することで意味を生成するという革新的な言語理論を提唱した。彼の一九二四年の『文学批評の原理』はこの言語理論を文学研究に適用した論考であり、文学テクストはそれ自体では印刷された文字の集まりだが、視覚を通して受容され、読者の意識の複雑で連鎖的な反応をよび起こすと論じる。リチャーズは文学テクストの価値をその心理的効果によって説明した。人の感情は複雑であり、たとえば愛の感情がその対象を支配したい、独占したい、破壊したいなどの矛盾する衝動と共存することがある。バンヴィルの『死者の衣』に、「愛とは一人の人間を奪い、完全に所有したいという衝動にすぎない」[3]という記述がある通りである。その種の衝動は必ずしも望ましいものでないが、リチャーズは悪い衝動の排除よりもむしろ、衝動の全体の均衡を維持することが重要だと考え、心理の複雑な反応を喚起し、均衡をもたらすことを文学テクストの価値判断の指標として定めた。文学研究の意義を明示した彼の一連の著作はいまでも有益である。

たとえば新聞記事と文学テクストの言語を、リチャーズの文学理論をつかって明確に区別できる。どちらも他者の経験を伝達するが、それらの方法は本質的に異なる。新聞記事は出来事を報告するが、文学テクストはその表現で反応を喚起し、読者の意識でそれを再現する。『科学と詩』でリチャーズは、「語は詩人と同じ関心の活動を読者の心に再現し、読者をしばらくのあいだ詩人と同じ状況に放り込み、同じ反応へ導く」[4]と語る。T・S・エリオットがハムレット論で語った客観的相関物の概念を想起させる議論である。[5]じっさいリチャーズはエリオットの影響を強く受け、エリオットが個人の作家についての論考として断片的に発表した文学批評を発展し、体系的な理論をまとめた。

リチャーズは同時代に力強く発展したフロイトの思想も理論的基盤にとり込んだ。フロイトは精神分析医として神経症の治療をはじめたが、それによって得た知見にもとづいて自我の形成にかんする独自の理論を組み立て、いくつかの概念と用語を提供した。コンプレクスはその一つである。いまフロイトの精神分析と言うと、夢の内容を性的象徴に還元する解釈の方法が機械的で、恣意的であるとか、無意識の概念の定義が曖昧であるとよく批判されるが、われわれはコンプレクスの概念を経験的に容認できるだけでなく、ギリシャ悲劇からゴシック小説までの多様な文学テクストにその具体的な表現を見出し、その普遍性を確認できる。フロイトによると、乳児は母に対して根源的欲求である性欲を向けるが、いつも満たされるわけでない。欲求は愛、不満は憎悪の感情を形成し、母を愛し同時に憎悪するという複雑な心理状態を生成する。父は母に対する愛の障害であり、やはり憎悪の対象になり、子は両親との関係において複雑な感情を経験する。フロイトはこれをコンプレクスとして表現した。しばしば劣等感として説明され、誤解を引き起こすが、複合感情としてとらえるべきである。フロイトはこれを後期の文明論で発展し、相反する欲動、エロス（愛）とタナトス（死）の共存を論じ、人間社会の建設の基礎にこれらの複合感情があると論じた。コンプレクスは人間の複雑な心理のあらわれだから、それを表現する文学テクストは高度に進化した精神の所産だと説明できる。だから文学研究は高い精神文化の形成に貢献する。これはリチャーズがもちつづけた信念である。

バンヴィルの二〇〇五年の小説『海』の読者は、語り手が洗面器の水を見て記憶のなかの海の情景に移動する印象的な瞬間を覚えているだろう。遠い過去の夏の大半を少女とその家族とともに過ごした避暑地の海岸である。彼は少女と恋し合い、夏の最後に彼女の溺死を目撃した。彼がその後ずっと海の情景を記憶に留め、それとともに生きてきたことを読者は知る。同時にまた、洗面器の水の映像は彼が研究する画家ボナールの浴槽の映像もおそらく喚起し、そのなかに横たわる女性のイメージから彼の亡き妻の記憶もよび起こすと考えられる。こうして連鎖的に喚起される一連の映像はそれぞれ自体では断片的記憶だが、彼の意識のなかで連想によって結合し、この瞬間に彼自身を複雑な感情の高揚へ導く。読者もこれを経験し、「同じ状況に放り込」まれる。作家バンヴィルはこうした刺激と反応の関係を描き、それを通して個人の生を表現する。リチャーズの文学理論がわれわれの時代に生きつづけていることを示す実践である。

2

語の意味が意識で生じるとすると、文学とよばれる現象は読者の意識のなかで生起する出来事であり、リチャーズは文学研究を心理学と結合し、ヒューマニズムの文学理論を構築した。しかし、以後の文学理論は必ずしもそれを継承、発展しなかった。二〇世紀の文学研究の歴史でしばしば相容れない理論が競合し、互いに排他的影響を及ぼし合ったことを理解しなければならない。その激しく変化する潮流のなかでヒューマニズムは浮沈した。

一九三〇年代にアメリカの大学でニュークリティシズムが起こり、クリアンス・ブルックスとロバート・ペン・ウォレンの『詩の理解』という文学研究の手引書とともに実践的な文学研究の方法が広く大学で教えられるようになった。一般に、リチャーズのケンブリッジ英文学に影響されたと言われるが、日本でその普及に貢献しつづけた岩崎宗治は、『詩の理解』は「リチャーズと「ウィリアム・」エンプソンからの発展というよりも、むしろこの二人の英国人の理論と方法を単純化し、パターン化して、アメリカ型の教育に利用したものであった」(6)と論じる。リチャーズの理論を支えた刺激と反応の関係はテクストと読者の関係を強調するものであり、アメリカの教育環境に適応する過程で意味の起源としての著者を文学研究の対象から排除する動きを強めた。テクストの自律とか意図の誤謬といった極端な理論的概念が広く流通するようになり、理論の硬直を招いた。また、リチャーズは言語の多義性を複雑な心理の表現としてとらえたが、ニュークリティシズムにおいてテクストの内在的性質であるように論じられるようになり、しだいに心理学やヒューマニズムを離れ、テクストの矛盾や逆説を文学テクストの顕著な特徴として指摘する実践が流行した。その結果、文学研究は明らかに劣化した。

次にソシュールの共時言語学を理論的基盤とする構造主義があらわれ、文学研究とヒューマニズムの分断に決定的影響を及ぼした。ソシュールの言語学は言語の抽象的体系を強調する。たとえば「言語」と「ことば」は異なる語であり、差異を伴う関係をもつ。ソシュールは、語の意味は記号の体系の内部で差異から生じると説明する。全体の体系をラングとよび、それは母語話者に共有され、したがって集合的なものだと論じた。ラングの強調は言語と文学テクストの研究の関心をその全体の構造に集め、その内部の隠れた秩序や法則を明らかにする文学批評の実践を奨励した。かつて広く読まれたノースロップ・フライの『批評の解剖』を思い出せばよいだろう。

構造主義はひじょうに大きな影響を及ぼしながら多方面で発展したが、文学研究においてその評価は明確に分かれる。『文学とはなにか』でテリー・イーグルトンは、構造主義が新しい言語観をもち込んだことを「大きな前進」としてとらえ、「意味は私的な経験や神の意思から生じるものでなくなった。意味を生成する特定の体系があり、意味は人びとに共有されたそれから生じるものになった」[(7)]と評価する。二〇世紀の文学理論の歴史をリベラル・ヒューマニズムから脱却する過程としてとらえるイーグルトンにとって、構造主義は過渡期の理論であり、マシュー・アーノルドで一つの頂点に達した資本主義体制の文化の形態から唯物論批評へ移行するための重要な転換点をあらわす。他方で、ヒューマニズムの文学理論の継承と発展をめざす批評家たちは概ね構造主義を支持しなかった。その抽象的体系の強調は、個人の記憶や連想を分析する方法と相容れない。構造主義が支配的だった時期にヒューマニズムの文学批評は失速し、構造主義の流れに意識的に逆らって再興しなければならないものになった。その動きを理解しようとすると、視野の一角に言語学の動向をとり込まなければならない。一九六〇年代に新興した社会言語学である。

社会言語学は、構造主義が支配的だった時代に対抗的視点を形成し、文学研究に波及する流れを導いた。全体の秩序と体系を強調した構造主義は規範文法と標準語の重要性を高め、母語話者の言語感覚（feel）を称揚し、その見えない法則を明らかにすることを言語学の主要な役割として位置づけた。その過程は求心的な政治学を伴った。英語教育で英語母語話者の地位と権威を高め、英語帝国主義の拡大を理論的に支えたことはアラステア・ペニクックの『国際語としての英語の文化の政治学』(8)でよく知られるようになった。同書の邦訳はまだないが、拙著の『異端の英語教育史』に詳しい解説がある。(9)また、標準語の確立の過程は特定の地域の支配的階層の方言に権威を与え、その政治的影響力を増大した。標準語を適切に使用できるようになり、支配的イデオロギーを容認するようになる過程が高等教育で制度化され、構造主義はその求心力を増大した。それに対して社会言語学は一九六〇年代の政治運動の高揚のなかであらわれ、対抗的な動きを展開した。標準語を多様な変種の一つとしてとらえ、言語のもっと複雑な現実を容認し、求心的な構造主義言語学の政治学とイデオロギーに対して対抗的な論陣を張った。その議論の一部を文学研究にとり込み、ヒューマニズムの文学理論を再興する動きが同時代にあらわれた。そのなかで傑出したレイモンド・ウィリアムズとジョージ・スタイナーは、それぞれ独自の視点でこの動きを先導した。今日に至る批評の流れを形成した点で彼らの功績はひじょうに大きい。

3

レイモンド・ウィリアムズは一九三九年にケンブリッジ大学に入学し、そこでリチャーズやF・R・リーヴィスのケンブリッジ英文学を学んだ。在学中にマルクス主義に傾倒し、のちにマルクス主義者の立場でケンブリッジ英文学のエリート主義を批判したが、リチャーズのヒューマニズムを継承した一人である。彼の一九六一年の『長い革命』に刺激と反応の議論がある。そのなかでJ・Z・ヤングの脳科学に触れ、脳は創造的に反応すると説明する。「われわれは五官を通して物質世界の情報を受容するが、ある種の人間的な法則に従ってそれを解釈することが必要である。一般に『現実』と言われるものは解釈を通してはじめて形を成す。[10]」ウィリアムズは「ある種の人間的な法則」をマルクス主義の立場で定義し、特定の文化集団で共有されるものとしてとらえた。その点でリチャーズと異なり、また、それをニーチェの思想のコンテクストでとらえたバンヴィルとも異なるが、バンヴィルと同様に、意識は解釈を通して現実を創造すると考えた。人は物理的現実でなく、自らの意識が創造した現実を生きる。文学はその過程に関与する。ウィリアムズはそう論じ、文学研究で意識の反応を論じる意義を説明した。

ウィリアムズもまた、本書で紙幅を割くほかの知識人と同様に、複数の領域でその傑出した才能を発揮した。一九五八年の『文化と社会』とそれを発展した一九七六年の『キーワード』は語彙研究である。これらの著作や『長い革命』の標準英語についての章を見ると、彼が言語学の領域で構造主義を批判しつづけたことがわかる。『キーワード』の序論で、「定義を示す辞書は……意味を列挙する。それらはすべて同時代の意味だが、そのように同時代の意味だけを扱うことは問題である」と述べる。これは共時言語学を暗に批判するものであり、つづけてそれに対して『キーワード』で用いる歴史的記述の方法について次のように語る――

さまざまな意味が歴史を成し、複雑に関連することをわれわれは知る。意識的に変更される意味や用法があるだけでなく、形式的連続のために目立たず、ほとんど気づかれることもないが、じっさいにはその全体の意味を保ちながら数世紀をかけて意味や含意を本質的に異なるものに変えたり、本質的に新しい意味を獲得したりする場合もある。[11]

ウィリアムズは意味の歴史的変化を伝えるためにその記述で段落を構成する方法を選択し、伝統的な辞書の記述の方法を避ける。文章の流れを通して意味の変化を伝えると同時に、複雑に関連する複数の意味をその内部に置き、段落の全体でその総体を伝えることを意図したと思われる。また、彼が語をコンプレクスとしてあらわすことも注目に値する。[12] その重層的、複合的な意味の理解もまた共時言語学と相容れない。重要なことは、その対抗的視点で語の複雑な意味を強調し、それによって意味が生じる場としての意識に対する関心を文学研究にとり戻そうとしたことである。ウィリアムズはこのように刺激と反応の関係を新しい視点で語り直し、ヒューマニズムの流れを再興した。

のちにそれは文化唯物論としてまとめられ、スティーヴン・グリーンブラットの文化の詩学を経て今日に至る。

いま一人のヒューマニズムの論客であるジョージ・スタイナーは、バンヴィルの創作に直接の影響を及ぼした点でも重要である。バンヴィルはアイルランドの労働階級の家庭に生まれたが、いわゆる周縁の作家として創作で政治的に発言することはほとんどなく、アイルランドの作家というよりもヨーロッパの作家であると彼自身の立場を表現する。(13) 古今のヨーロッパ文学に通じたスタイナーは彼のすぐれた先達だった。スタイナーについて、一九六〇年代においてヨーロッパ大陸に「開かれた扉(14)」だったと回顧する。

一般に、スタイナーの『言語と沈黙』に収められた論文「ことばからの退却」は近代科学が言語に及ぼした弊害を指摘したと言われる。同論文によると、近代科学が数字やデータを媒体として経験を記述するようになり、かつて経験に秩序を与えた言語の表現の領域は縮小し、その影響力は減退した。言語は具体的経験の記憶と結びついた反応を喚起するものだが、数学が用いる記号は「自律的概念作用」の原則で機能し、「五官で受容される情報に対して必然的関係をまったくもたない。それは閉ざされた公理体系のなかで生起する実在である。(15)」科学がその社会的影響力を増大しつづけた結果、言語は相対的に劣化し、ヒューマニズムは衰退した。それを再興し、人間的な――すなわち複雑で豊かな意識の反応を喚起する――言語をとり戻さなければならない。文学とその研究はその使命を負うという主張である。「閉ざされた公理体系のなかで生起する」という科学の言語の発展の先に、構造主義言語学があることは明らかである。同時代の構造主義に対する対抗的視点が、この論文にある。

スタイナーは社会言語学のイディオレクトの概念をとり込み、『バベルのあとに』で独自のコミュニケーション理論を組み立てた。社会言語学は、それまでの言語学が辞書や文法書を通して規定する標準語に対して、その方言、変種も同様に成熟したものだと主張し、言語の多様な現実を容認した。階級や世代や性別や職業などでも異なる言語が話されることが注目され、言語学の対象として科学的に調査され、それぞれ独自の法則をもつことが報告されるようになった。その最小の単位が個人の言語、イディオレクトである。個人はたとえば幼児期と思春期で異なる語彙や語法を用いたり、またたとえば学生から社会人になると話し方を変えたりするから、それは一定の時期の個人の言語として定義される。リチャーズの文学理論を思い出すと、人の意識はそれぞれ独自の経験の記憶をもち、独自の連想の体系を形成するわけだから、意識で生じるという語の意味は本質的に個人的なものであり、リチャーズの文学理論はイディオレクトの概念と親和する。スタイナーはケンブリッジ英文学にイディオレクトの概念を接合することでそれを発展した。コミュニケーションはイディオレクトの交換であり、翻訳を伴う。「自然に発生する言語には本質的に私的な領域が必ずある。だから、一つの発話行為を遂行するとき、多かれ少なかれ明らかに翻訳と言える行為を必然的に伴う。(16)」

本書はバンヴィルの創作をイディオレクトの文学実践としてとらえる。たとえば彼のイディオレクトにおいて海という語がなにをあらわすか、『海』を読むまえの読者は知らない。彼が影と言うとき、しばしばシェイクスピアのリチャード三世の記憶を伴うことがある。第一章で詳しく論じるが、彼の文学テクストを扱う批評家がまず求められることは、彼の記憶にかかわる連想を明らかにし、その言語を解説文へ翻訳することである。

バンヴィルの視線はこの時代に興隆した別の動き、マニエリスム文化論もとらえる。狭義のマニエリスムはルネサンスのあとにあらわれた美術の様式をあらわすが、第二次大戦後にフロイトの精神分析を回顧する視点があらわれ、シュールレアリスムなど、それが誘発した文化と顕著に類似することが認知されるようになり、危機の時代に再興する文化として論じられるようになった。ダリやシャガールの絵画に見られる浮遊の表現、明らかに歪んだ映像、夢や幻想の主題などは一七世紀のマニエリスム美術に先例をもつ。かつてマニエリスム美術がそれらの表現を通してルネサンス美術の秩序と安定の構図を意図的に覆したように、フロイトの精神分析もまた、一九世紀のリアリズムの様式が合理主義の世界観を表現したあとにあらわれ、無意識の混沌と破壊的欲動の存在を論じ、社会の不安を表現した。ワイリー・サイファーの美術四部作、ヴォルフガング・カイザーの『グロテスクなもの』グスタフ・ルネ・ホッケの『迷宮としての世界』などの一連のマニエリスム文化論が刊行され、マニエリスムを古典主義の対立原理としてとらえる文化史が編成された。その編成それ自体が、構造主義が支配的だった時代に抑圧された衝動のあらわれだったと見ることができる。記憶や連想の体系を刺激して想像の世界を創出する試みは、マニエリスム文化論を経て夢や幻想の表現と強く結びつくようになった。この流れとバンヴィルの文学テクストの関係を、われわれはとくに第四章で見る。

4

文学研究は社会にとってなんの役に立つか。文学理論はその大義を提示する責務を負い、それをめざす物語を創出する。社会は変化するから、文学研究の社会的役割も変化する。ケンブリッジ英文学は同時代に新興した心理学と協働し、それまで未知の領域だった心理を科学的に解明し、高い文化の発展と拡大に貢献するという啓蒙の物語を提供したが、第二次大戦後の社会構造と高等教育の環境の変化とともにそれは支持されなくなった。文学理論は二〇世紀後半に別の物語を用意した。解放である。

一九七四年に出版された『マルクス主義と文学批評』でテリー・イーグルトンは、「マルクス主義批評は……イデオロギーの理解をめざす」と宣言し、「それは過去と現在の理解を深め、われわれを解放することに貢献する」[17]と語った。冷戦期にイデオロギーの関心が高まったことは不思議でない。それは見えない、とイーグルトンは言う。だからそれを最も明瞭に映し出す想像的な文学テクストは重要であり、その研究はマルクス主義の政治的大義にとって有益である。彼はそう論じ、『マルクス主義と文学批評』で定義した大義を理論的に正当化した。この主張を彼は『批評とイデオロギー』でも繰り返し、「われわれがもつイデオロギーを経験を通して理解しようとするとき、文学は最も明瞭な様式だと言えるかもしれない。イデオロギーはその特有の複雑な方法で、体系的に、強力に、直接的に階級社会の生きた経験の生地に影響を及ぼすが、それを観察できる場は文学である」[18]と語る。イーグルトンがこれらの著作を通して強い影響力を及ぼした批評風土において、文学研究は政治学と結びつき、テクストの理解よりもむしろイデオロギーの理解のために、解放の大義のために実践されるものになった。いわばマルクス主義の過激な政治学にとり込まれたわけだが、この主張と大義は広く容認され、解放の物語はフェミニズムやポストコロニアリズムの文学批評にも共有された。

イーグルトンはニューレフトの重要な論客であり、それを先導したウィリアムズの影響を強く受けた。しかし、ウィリアムズとイーグルトンのあいだには文学理論の歴史のもう一つの大きな転換点がある。ニューレフトが最も活動的だった時期は五〇年代の終わりから六〇年代の半ばまでのあいだだが、それは構造主義が支配的だった時代であることを思い出さなければならない。構造主義はこの時代の思想の基軸だった。先述したように、イーグルトンは構造主義をリベラル・ヒューマニズムから唯物論批評へ移行するための重要な前進として評価し、その流れを継承したルイ・アルチュセールのマルクス主義理論を容認したが、ウィリアムズは構造主義に対してつねに批判的だった。ウィリアムズの著作について、『批評とイデオロギー』でイーグルトンはマルクス主義批評の重要な基盤を成すと認めながら、その価値はヒューマニズムの継承によって損なわれたと批判する。[19]イーグルトンは構造主義を容認し、それによってヒューマニズムの伝統を断つことを選択したから、ウィリアムズは前進を拒むように見えたのである。

今日大きな影響力をもつポストコロニアル批評は、いくつかの点でイーグルトンが『マルクス主義と文学批評』で宣言した立場と似る。一九七八年の初版の刊行から版を重ねた『オリエンタリズム』でエドワード・サイードは、「これまで行なわれてきた文化による支配の過程をもっとよく理解するために、本書が役立つことも期待する」[20]と語る。ここで彼の言う「文化による支配」は、英語やイギリス文学の帝国主義的な教育による教化よりももっと複雑な過程を伴う。イギリスの文化的優越を主張し、イギリスの教育を通してアジア人を教化するべきだと考えた人びとをアングリシストとよぶが、サイードはその露骨な帝国主義の思想や教育でなく、アジアと交易するためにその言語、法律、宗教、文化を理解することが必要だと判断し、それらを研究したオリエンタリストの仕事をとり上げた。『ペルシャ語文法』を出版し、インド・ヨーロッパ語族の発見を導いたウィリアム・ジョーンズはその最も有名な例であり、その研究はオリエンタリズムの基礎を形成した。サイードはオリエンタリズムの言説を分析し、それは科学的知見であることを装うが西洋の視点で形成され、西洋の幻想を投影された虚構であると論じ、東洋を野蛮な世界、劣った世界として支配することに貢献したと告発した。彼はウィリアムズの著作から"unlearn（知を払拭する）"という特殊な用語をもち出し、ポストコロニアル批評の発展の方向を定めた。

また、この試みが東洋に対する新しい態度の形成を刺激するなら、いやむしろ「東洋」とか「西洋」といった区分を完全に排除できるなら、そのときわれわれは、レイモンド・ウィリアムズが「本質的に支配的な様式」の「払拭」とよんだ過程を少しだけ前進したことになるだろう。(21)

払拭するという用語でサイードは、文化による支配を築いた学問、知の体系からの解放をあらわす。ポストコロニアル批評もまた、解放の物語を枠組みとして文学研究の大義を定義した。

5

文学理論は今後どのような物語を用意するだろうか。冷戦期のイデオロギーにかんする議論のなかで形成された解放の物語は、ポストコロニアル批評によって継承され、力強く発展した。今後もこの批評が勢いを保つあいだは文学研究の有用な枠組みでありつづけるだろう。しかし、言うまでもなく、文学テクストの著者や読者がみな解放の大義を共有するわけでない。「アイルランドの作家になるつもりはない。アイルランド的な文学を創作するつもりもない(22)」と断言するバンヴィルは、文学の創作を政治的発言の場としてとらえず、解放の物語を共有しないように見える。一部の同時代作家が生産するポストコロニアル文学の流れに対しても、彼は距離を置くように見える。言説《ディスコース》は彼があまりつかわない語であり、ポスト構造主義が強調した文学と政治学の関係を彼は意図的に避けるようである。しかし、文学研究の次の新しい枠組みはまだ明確にあらわれていない。

第一章で論じるように、バンヴィルの小説はたいてい明確な筋をもたない。彼の一人称の語り手たちはよく移動するが、明確な目的地をもたないことが多い。『海』の語り手は物語世界をさまよう。『事実の供述書』の語り手も同様であり、移動しつづける過程で衝動的に殺人を犯し、それ以後めざす場所のない逃亡をつづける。彼らは物語の筋、因果関係にもとづく物語の展開の外側に生きるように見える。それは物語の不在、解放に代わる大義を見出せない同時代の文学理論の状況を反映するように見える。

『ジョン・バンヴィルとの対話』に収められた二〇〇九年の対談に、「もし自分になんらかの呼称を与えるとすれば、ポストヒューマニストである。人が世界の中心であると認めないからだ[23]」という発言がある。ここでバンヴィルが言うポストヒューマニストの意味について、われわれは次のようにとらえることができる。彼は文学のヒューマニズムの伝統を継承するが、啓蒙の物語を共有しない。意識は現実を創造するが、それは幻想であり、ニーチェが言うように、幻想であることを忘れられた幻想である。人の意識は周囲を光で照らし、個人の生の環境を形成するけれども、それは遠くから見れば小さい光の点であり、その外部に広大な暗闇が広がる。バンヴィルはつづける、世界は「われわれに対して無関心である」と。なぜならそれは幻想の背後、われわれの理解を超えた領域に存在するからである。

われわれは当然、それを腹立たしいと感じる。しかし、文学の仕事はまさにそれを表現することだと思う。われわれが生きているこの驚くべき世界とわれわれ自身を賛美すること、それこそ文学がめざしているものだ。芸術家とよばれる人びとは、みなこの目的をめざす。「見ろ、これは驚くべき世界ではないか。恐るべき世界ではないか。恐るべき世界であるとしても、それでもやはり驚くべき世界ではないか。」芸術家はこれを伝えようとする人びとである。[24]

バンヴィルが描く世界は暗闇のなかで組み立てられた小さな想像の世界である。人間が世界の中心でなくなった時代の人間存在の驚異、それをバンヴィルは描く。ポストヒューマニストとして提示する独自の美しい美学である。

本書の構成について簡潔にまとめておこう。第一章でバンヴィルの美学を論じ、彼の創作の基底に家庭を探求する衝動があることを見る。彼の主人公たちが探求する家庭は安息の場所であり避難所でもある。バンヴィルは『コペルニクス博士』と『ケプラー』と『ニュートンの手紙』のいわゆる科学三部作を創作したあと、一九八九年に『事実の供述書』を発表し、『亡霊たち』と『アテーナ』につづく連作、いわゆる美術三部作を創作した。それぞれに絵画があらわれ、物語は表象の問題をめぐって展開するが、主人公は絵画や鏡が象徴的に構成する表象の世界に幻滅し、家庭を見つけたいと願う。第一章で論じるように、バンヴィル自身が育った環境を離れ、家庭から脱出するように作家、知識人になった。美術三部作の主人公はこの過程を反復する。が、彼はしだいに表象の世界の疎外と孤独に直面し、苦悩を深め、家庭を求めて放浪する。本書の第二章から第四章はこの放浪の考察である。第七章で扱う『海』で、表象の世界に対する主人公の幻滅はもっと明確にあらわれ、物語の動機が避難所としての家庭の探求であることがはじめに示される。しかし、彼は最後までそれを見つけられない。現実世界でそれを見つけられないから、言語をつかってそれを創出しなければならない。だから彼らは書き、テクストを生産する。そうして彼らは逆説的に表象の世界に戻る。バンヴィルがポスト構造主義の表象理論にも影響を受けたことをつけ加えておこう。この逆説と矛盾の表現が、アレクサンダー・クリーヴ連作の主題であり、第六章と第八章でそれを論じる。最終的に、バンヴィルはハイデガーの家庭の観念にその解決策を見つける。それを論じるのが第九章、『青いギター』の論考である。

注――

（1）John Banville, *The Blue Guitar* (Viking, 2015) p. 7.

（2）たとえば以下を参照。J. McMinn, "Ekphrasis and the Novel: The Presence of Paintings in John Banville's Fiction," *Word & Image: A Journal of Verbal/Visual Enquiry*, 18: 137-45; Neil Murphy, "John Banville's Ekphrastic Experiments," Pieta Palazzolo et al. eds., *John Banville and His Precursors* (Bloomsbury Academic, 2019).

（3）Banville, *Shroud* (Picador, 2002) p. 368.

（4）I. A. Richards, *Poetries and Sciences: A Reissue of Science and Poetry* (1926; Routledge & Kegan Paul, 1970) p. 33. I・A・リチャーズ『科学と詩』岩崎宗治訳（八潮出版社、一九七

四）四二ページ。

（5）T. S. Eliot, "Hamlet and His Problems," *The Sacred Wood: Essays on Poetry and Criticism* (Faber, 1920) pp. 81-87.

（6）ウィリアム・エンプソン『曖昧の七つの型』岩崎宗治訳（水声社、二〇二二）一九ページ。

（7）Terry Eagleton, *Literary Theory: An Introduction* (Blackwell, 1983) p. 107. テリー・イーグルトン『文学とは何か』大橋洋一訳（岩波書店、一九九七）一六七ページ。

（8）Alastair Pennycook, *The Cultural Politics of English as an International Language* (Longman, 1994).

（9）加藤洋介『異端の英語教育史』（開文社出版、二〇一六）。とくに第五章を参照。

（10）Raymond Williams, *The Long Revolution* (Broadview, 2001) p. 33. レイモンド・ウィリアムズ『長い革命』若松繁信ほか訳（ミネルヴァ書房、一九八三）二〇ページ。

（11）Raymond Williams, *Keywords: A Vocabulary of Culture and Society* (Fontana, 1976) p. 17. レイモンド・ウィリアムズ『完訳　キーワード辞典』椎名美智ほか訳（平凡社、二〇一一）二四～二五ページ。

（12）Raymond Williams, *Culture and Society 1780-1950* (Columbia UP, 1983) pp. xvii. レイモンド・ウィリアムズ『文化と社会』若松繁信ほか訳（ミネルヴァ書房、一九六八）五ページ。

(13) Earl G. Ingersoll and John Cusatis eds., *Conversations with John Banville* (Mississippi UP, 2020) p. 7.

(14) John Banville, "Introduction," George Steiner, *The Deeps of the Sea and Other Fiction* (Faber, 1996) p. viii.

(15) George Steiner, *Language and Silence: Essays on Language, Literature, and the Human* (Atheneum, 1967) pp. 14-15. ジョージ・スタイナー『言語と沈黙——言語・文学・非人間的なものについて』由良君美ほか訳（せりか書房、二〇〇一）三〇ページ。

(16) George Steiner, *After Babel: Aspects of Language and Translation* 3rd edn. (Oxford UP, 1998) p. 207.

(17) Terry Eagleton, *Marxism and Literary Criticism* (Routledge, 1976) p. viii. テリー・イーグルトン『マルクス主義と文芸批評』有泉学宙ほか訳（国書刊行会、一九八七）一一ページ。

(18) Terry Eagleton, *Criticism and Ideology: A Study in Marxist Literary Theory* (1975; Verso, 1978) p. 101. テリー・イーグルトン『文芸批評とイデオロギー——マルクス主義文学理論のために』高田康成訳（岩波書店、一九八〇）一四七ページ。

(19) Ibid. p. 44. 前掲書、五三ページ。

(20) Edward W. Said, *Orientalism* (1978; Penguin, 1985) p. 28. エドワード・サイード『オリエン

タリズム（上）』板垣雄三ほか訳（平凡社、一九九三）七二ページ。
(21) Ibid. p. 28. 前掲書、七二ページ。
(22) Ingersoll and Cusatis eds., *Conversations with John Banville* p. 27.
(23) Ibid. p. 55.
(24) Ibid. p. 60.

1　バンヴィルの美学と言語――『ジョン・バンヴィルとの対話』

本棚[1]　オグデン／リチャーズ『意味の意味』

謎の多いバンヴィルの一連の著作を考察するにあたって、まずその美学と言語観を確認したいが、オグデンとリチャーズの名著『意味の意味』に触れることは有益である。一九二三年に最初に刊行され、リチャーズのほかの著作とともに二〇世紀の文学研究の重要な礎石を成した。英語圏でいまも版を重ねるが、今日の視点でふり返ると、それが意識的に対抗したソシュールの共時言語学とその流れが影響力を増した過程であまり顧みられなくなった。が、文学研究が著しく衰退し、進む方向を見失っているいま、同書の価値を再考するべきである。

オグデンとリチャーズは、コミュニケーションは母語でもむずかしいと考え、その困難は言語の性質に起因するととらえた。この点でバンヴィルも同じであり、たとえば二〇〇五年の小説『海』の語り手に「言語はなんと不正確なものか、その目的にとってなんと不完全なものか」(1)と語らせるように、伝達の媒体としての言語の限界を認める。バンヴィルの読者は、彼の物語の語り手たちが表現をなんども改めたり、訂正したりして語りつづけることをよく知る。

「だめだ、書けない。こんな戯言しか書けない。(2)」語り手たちは言語表現の限界と困難を認め、それでも語りつづけることでなにかを見つけようとする。その基礎に言語は辞書が定義するような客観的で明確な意味をもたないという認識があり、この認識が『意味の意味』と共通であることを確認したところで同書の概説をはじめよう。

『意味の意味』は啓蒙書である。心理学に依拠し、言語の考察にその科学的視点と方法を適用することでコミュニケーションの混乱の原因を解明しようとする。啓蒙の視点は、最初の二章がことばに神秘的な力があるという謬見をとり上げ、その原始的言語観は魔術の発達を促したと批判することに明瞭である。科学的に見れば、「語……それ自体が『意味』をもつことは

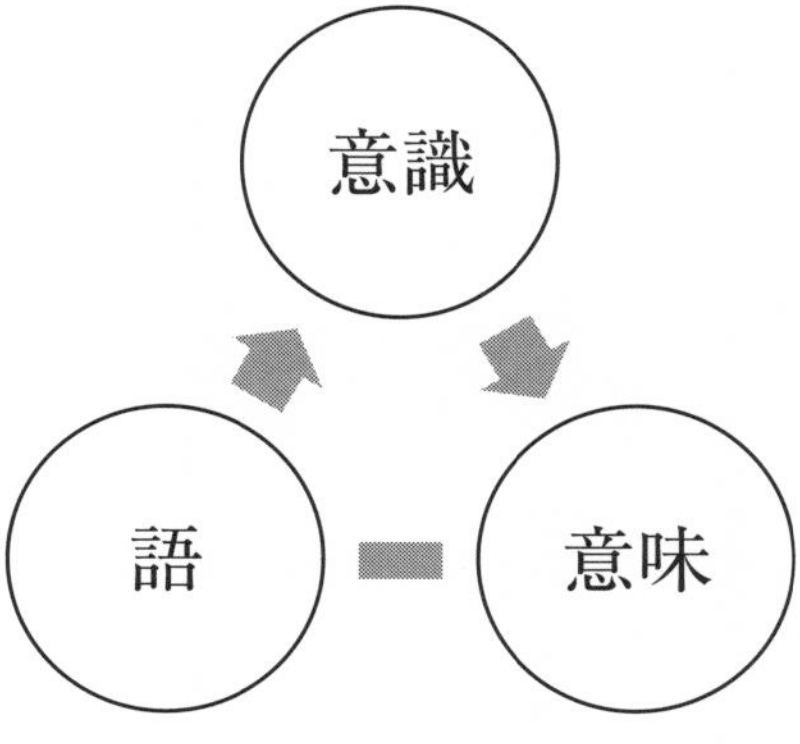

オグデンとリチャーズの意味の三角形をわかりやすく表記し直したもの

ない。」「それがなにかをあらわすのは、あるいはなにかの『意味』をもつのは、人がそれをつかうときだけである。(3)」同書の最大の意義は、意識を語の意味の生成の場としてとらえたことにある。一般に語の意味は辞書に記載されるものであり、語と定義を列記する辞書の方法が語と意味のあいだに本質的関連があるような印象を与える。オグデンとリチャーズは、意味の考察においてその生成の場である意識の働きを考えなければならないと主張し、革新的な言語観を確立した。

この言語観を解説するために彼らが用いた三角形の図があり、いまではあまり認知されていないがひじょうに重要である。わかりやすい用語に置き換えたものが図であり、下の二点の関係、「語→意味」が辞書の記述の形式をあらわす。オグデンとリチャーズはこれにもう一点を加え、「語→意識→意味」の関係を考えなければならないと主張した。語は意識に保存される過去の記憶をよび起こす。たとえば犬という語から、ある人は大きい、白い動物を思い浮かべるかもしれない。またそれに触れた経験を思い起こすかもしれない。記憶と連想の体系は人によって異なるが、それらが重なり合ったり結合したりして語の意味を成す。語をテクストと置き換えると、読者受容理論をあらわす図になることをつけ加えておこう。『意味の意味』とリチャーズの一連の理論的著作は先駆的な仕事であり、読者受容理論の主要な関心と主張を半世紀まえに先取した。

図でオグデンとリチャーズは意識を高い位置に置き、それが複雑で豊かな反応を示すことを称揚し、ヒューマニズムの基盤を築いた。言語、とりわけ文学テクストが喚起する反応を論じることで、複雑な思考をもつ人間を間接的に礼賛した。「人間を守る読書」の著者ジョージ・スタイナーがリチャーズの文学理論を重視したことは自然である。この点は、ソシュールの共時言語学とそれに依拠した構造主義批評と対比してとらえなければならない。文学理論のもう一つの大きな流れを成したソシュールは、パロールよりもラングが重要だと説き、記号の自律的、抽象的体系を論じた。これに対してオグデンとリチャーズはヒューマニズムの文学研究の流れを導いた。経験を重ねれば記憶は増え、言語の意味は豊かになる。同様に、長い歴史をもつ言語は豊かな集合的記憶と結びつき、複雑な連想を喚起できる。オグデンとリチャーズの言語論は生をこう肯定したわけだが、文学研究がヒューマニズムをとり戻し、ふたたび生と歴史の発展を称揚するために、彼らの仕事が一つの起点になることを理解するべきである。

バンヴィルの紀行文『プラハの映像』の表題に触れることで、彼らの言語論のいま一つの重要な意義を解説しよう。原題は *Prague Pictures* であり、バンヴィルが記憶するこの都市の映像を直接的に指示するが、そのなかで「いま思い起こす風景が記憶の映像か、それともヨゼフ・スデクの写真か、定かでない」[4] と語るように、写真も含意する。pictures を翻訳しようとすると、映像と写真のどちらかを選択しなければならず、辞書などの紙面の記述の問題があらわれる。映像を選択すれば写真の意味を伝えられず、写真を選択すれば映像の意味を伝えられず、映像、写真と列記すれば両者を切り離してしまう。しかし、原題があらわす複数の意味は意識で同時に生成する。これを多義性とよび、言語が喚起する複雑な反応をあらわす概念になった。この概念の研究であるウィリアム・エンプソンの『曖昧の七つの型』は、古今の文学テクストから多義性の用例を集め、複数の意味が融合したり、対立しながら共存したりすることを科学的に論証した。

これらの重要な研究は、同時代に発展した心理学と精神分析学の影響のもとでコンプレクスとかアンビヴァレンスといった観念をとり込み、言語や文学の研究を人間心理の領域に拡大し、豊かな成果をもたらした。序論で触れたように、コンプレクスは精神分析学で複合感情を意味し、字義通り複雑な心理状態をあらわす。その適切な理解は、オグデンとリチャーズの言語論が心理学と結びついて形成した文化の理解の起点になる。

が、まさに複雑であるために、多義性の概念の理解を一般に広めることは容易でない。それに対して辞書は平明な定義の提供を意図するものであり、その単純な言語観は一般に浸透しやすい。高等教育の大衆化とともにこの著作の意義が顧みられなくなったことは自然な流れである。それでも循環史観の立場で見れば、衰退は一時的なものであるかもしれず、その言語観はいつか再興するかもしれない。バンヴィルの文学実践はそれをねらう試みである。

わたしにとって、世界は言語の網を通り抜けてはじめて現実になる。過去にずっとそうだったし、いまもそうである。(5)

この引用はバンヴィルの主要な対談を収録した『ジョン・バンヴィルとの対話』からとった。同書はバンヴィルの美学を知るうえで有用な資料であり、多数の重要な発言を収める。この引用はその一例であり、彼の創作の意図を簡潔にあらわす。解説しよう。

同書に収められた別の対談でバンヴィルは彼の作品をリアリズムとよぶが、(6)この発言からわかるように、彼のリアリズムの実践と方法は特殊なものである。一九世紀のリアリズム作家たちは同時代社会の現実を観察し、テクストに記録、再現しようとしたが、バンヴィルの立場は異なる。彼のテクストは現実の記録や再現でなく、むしろその不在からの創造である。彼の考えでは、人はテクストを生産し、そのなかで生きる。テクストの外部に現実はない。現実があるとすれば、テクストのなかにある。

『海』の語り手は五〇年ほどまえの出来事を回想し、一人の男について「ゆったりとした緑色の

1

シャツをボタンを留めずに羽織り、カーキ色のズボンを履き、裸足だった。肌はすっかり日に焼け……」(7)と語るが、そのような詳細な描写が記憶よりも想像の所産であることは明らかである。半世紀まえに出会った人物のシャツやボタンをだれが記憶しているだろう。『アテーナ』に、「おそらくこれは回想ではまったくなく、想像であり、だからこそこれほど現実的に見える」(8)という記述がある。バンヴィルにとって、現実はつくり出されるものである。『コペルニクス博士』で実在の科学者の生を描いたとき、「多少の文献に目を通し、歴史を正確につかむことは必要であり、「ハンス・」ホルバインのいくつかの絵画を見たり、人びとの服装や住居について調べたりすることは必要だった。それでもそうした知識はひじょうに些末な細部の問題であり、重視したことはない。」(9)コペルニクスやケプラーのような歴史的人物の描写でさえ、バンヴィルは再現するというよりも想像する態度で臨んだ。現実が想像でつくり出されるとすると、それは逆説的に虚構である。紀行文『プラハの映像』で彼は、じっさいに訪れた都市の記憶と、『ケプラー』の創作で想像した世界を区別できないと語る。彼の著作を読むと、しばしばニーチェの反響に気づく。ニーチェは言う、真実はわれわれがつくり出す「幻想であり、幻想であることを忘れられた幻想である」(10)と。ニーチェの著作は明らかにバンヴィルのリアリズムの概念に影響したが、それは次章でとり上げるので、ここでは彼の個人的背景とその関係について論じる。

バンヴィルは一九四五年にアイルランドのウェクスフォード市で生まれ育った。父は自動車の修理工場の事務員だった。若い時期のバンヴィルは、育った環境を離れたいと強く望んだ。『ジョン・バンヴィルとの対話』で彼は、ウェクスフォード市は「トラウマ」になったと語り、「通りの名まえを覚えようともしなかった。一刻も早く脱出すると知っていたからだ」とふり返る。「両親は……十分な教育を受けなかった(11)」とも語り、「まともな本は家に一冊もなかった」と伝える。「一四歳か一五歳のころに」ジェイムズ・ジョイスの『ダブリン市民』を範として短編小説を書きはじめたが、「それは生きている世界から逃避する試みだった。とてもとても孤独だった。家族とともに暮らしたと言っても、会話はほとんどなかった。家族はわたしの関心を理解できず、興味を示すこともなかった。(12)」バンヴィルは高校を卒業したあと航空会社に就職し、それから小説家になった。若い時期の彼にとって、憧れた芸術の世界は家庭の外部にあった。『日食』に、「ここはわたしが知っているはずの場所であり、わたしが育った場所だが、わたしはよそ者だった(13)」という記述がある。生まれ育った環境を離れ、芸術家になろうとしたバンヴィルは、『若い芸術家の肖像』のスティーヴン・ディーダラスを自分に重ねたかもしれない。家庭を脱出し、芸術の世界を現実として認めようとした彼の選択が、「世界は言語の網を通り抜けてはじめて現実になる」と表現する彼の人生観を形成し、彼の語り手たちの孤立と疎外の視点を決定したと思われる。

『海』の語り手マクス・モーデンの生にこの移動は明瞭にあらわれる。物語の大半は彼の少年時代の回想だが、両親と過ごした時間の記述は少なく、その一つである海水浴の場面で醜い体をさらす両親を恥じたという記述がある。彼は美術批評家になり、ピエール・ボナールの絵画のような美しい世界に生きることを望んだ。妻に最初に出会ったとき、彼女が「与えてくれたものはわたし自身の幻想を満たす機会だった。[14]」結婚後の生を過去の環境から切り離したいという願望があり、母を結婚式に招かなかったこと、美術批評家として用いた筆名を日常でもつかいつづけることにそれはあらわれる。「若いころから別の人間になりたかった[15]」と彼は言う。

しかし、この移動が幸福に直結するほどバンヴィルの物語は単純でない。彼の人物たちは芸術を通して築いた世界が幻想であると気づき、幻滅し、別の生を求めるようになる。モーデンは結婚生活をふり返り、過去において自分が幻想を求めつづけたこと、「妻についてほとんどなにも知らなかった[16]」ことを認める。美術三部作以後のバンヴィルの物語は、芸術の世界に逃避する人物たちの幻滅を描く。彼らは孤立と疎外に直面し、しだいにその生に耐えられなくなり、逆説的に家庭を求めるようになる。「わたしは家庭に帰りたいと言った。言った瞬間に、はじめてその事実を知った。……家庭とは。なんということだ。[17]」これは『青いギター』のオリヴァー・オームのことばだが、家庭へ戻るというモチーフを繰り返し用いるようになったバンヴィル自身の心情の吐露でもあるだろう。『事実の供述書』のフレディ・モンゴメリは長い外国生活のあとに借金を返済するために故郷《ホーム》に戻り、母に会う。数日後に殺人を犯し、逮捕され、一〇年間の服役を経てはじまる物語が『亡霊たち』であり、彼は出所後に引き寄せられるように自宅を訪れる。『海』はモーデンが少年時代に家族と過ごした海岸の避暑地へやって来る物語であり、彼は家庭を見つけようと雪のなかをさまよい歩く夢を見てそれを決意する。美術三部作以後のバンヴィルの大半の小説はこのモチーフを中心として組み立てられる。

その動機について、バンヴィルは『事実の供述書』でフレディの語りを通して次のように説明する。求めるものは

重量であり、重力であり、要するに地にしっかりと足をつけている感覚である。それをつかめばこれまでずっと追い求めてきたつまらない自己演出などでなく、ついに自分自身になれる。現実の存在、そしてなによりも人間的な存在になれる。(18)

美術三部作以後、バンヴィルは彼の物語の主人公たちとともにホームを探求する。それは多義的な語であり、家、家庭、故郷、避難所、居場所をあらわす。この語に具体的な言語表現を与えること、これがバンヴィルの創作の最も重要な目的である。

わたしは詩の密度をもつ文章を好む。詩のような濃密な散文、詩のように読まれなければならない散文を、わたしは書きたい。[19]

2

バンヴィルの物語は一般に小説に期待されるいくつかの要素を欠く。リアリズム文学に特徴的に見られる現実の再現のための言語はほとんどつかわれず、因果関係にもとづく筋や、登場人物の明確な性格描写もほとんどない。彼は、「小説は好きでなく、詩や哲学書や歴史書を読む。もっと小説を読むべきだろうが、たいてい失望する」[20]と語るが、小説に対する彼の期待と関心は特殊なものだと思われる。

バンヴィル自身は否定するが、彼の批評家は物語の筋の不在をよく指摘する。[21]主人公たちはしばしば移動しつづけるが、明確な目的地をもたない。『事実の供述書』で主人公が犯す殺人は衝動的犯行であり、その動機は明示されず、その後の逮捕と収監が彼を更生へ導くわけでもない。事件に対して物語は明確な因果関係を与えない。サミュエル・ベケットの『ゴドーを待ちながら』のように、登場人物たちは不明瞭ななにかを待っているように見えるが、『事実の供述書』も『海』も最後までそれを明示せず、物語を閉じる。『ジョン・バンヴィルとの対話』でバンヴィルは次のように語る。

芸術作品には始点があり、中間があり、終わりがあるが、生はそうでない。生についての理解は限られている。出生の記憶、死の経験をわれわれはもたない。知り得るのは中間にある現在の事実だけである。(22)

明確な始点と終点をもたない瞬間を描くこと、これが彼のリアリズムの実践である。

登場人物の性格も明瞭でない。バンヴィル自身が「登場人物に関心をもったことはない」と語り、その描写の意図をもたないことを認める。つづけて『事実の供述書』の主人公の「フレディ・モンゴメリは登場人物でなく、一つの声にすぎない(23)」と語る。テクストが十分な情報を提供しないフレディやマクス・モーデンの性格の特徴について、われわれは明瞭に語れない。モーデンの外見を思い出そうとすると、彼が自分の鏡像から想起するゴッホの自画像を思い起こすかもしれない。マクスが筆名であることの意味を第七章で論じるが、われわれは彼の本名さえ知らない。一人称の語り手たちの語りを通してほかの登場人物について報告されるが、バンヴィルによると、「われわれは他者の内面をけっして認知できない(24)。」その記述は登場人物の性格でなく、語り手たちの解釈である。バンヴィルのテクストは語り手たちの幻想を反映する鏡のように機能する。

明確な筋や性格描写をもたない物語を先へ推進する力をバンヴィルは言語に求める。彼が反響部屋のイメージを多用することを次章で論じるが、言語は刺激として意識の反響部屋で連想を引き起こし、新しい記述を誘発する。「たったいまタイプライターについて語ったが、タイプライターと言えば、昨夜、ある夢を見た……。」バンヴィルの文章で頭韻の使用が目立つのは、それが連想をよび起こすからにほかならない。「ボナール、傑作《ボンナール》、激しい侮辱《ボンナルグ》。[25]」言語が喚起するこの種の連想の原理にもとづいて断片的記憶が語られ、『海』のテクストを編成する。一つの出来事の記述が中断し、連想が導く別の話題へ移ることは珍しくない。

バンヴィルの読者は精神分析医のように語り手の連想を分析し、それを通して彼の過去と生を理解する。たとえば『亡霊たち』でフレディが一連の連想のなかでハムレット王やバンクオーの亡霊に言及することから、彼がシェイクスピアをよく知っているらしいと推察する。彼は前作の『事実の供述書』で一人の女性を撲殺し、その凄惨な犯行の記憶をもつが、それはシェイクスピア劇の、たとえば『マクベス』の殺人と彼の意識で結びついているかもしれない。読者はそうした重層的で連鎖的な記憶の記述から彼の複雑な内面世界を知る。リチャーズの文学理論がバンヴィルの文学の理解において有効であることは明らかだろう。

言うまでもなく、人の記憶は千差万別である。『バベルのあとに』でジョージ・スタイナーは、「精神の双子は存在しない[26]」という印象的な表現でこの事実を語った。人はそれぞれ多様な環境で経験を重ね、独自の記憶をもつ。論理的に、語の意味を形成する連想の体系が異なるわけだから、人はそれぞれ異なる言語を話すことになる。スタイナーはこの考えを容認し、社会言語学からとり込んだイディオレクト（個人言語）の概念をつかって、人はそれぞれ固有の言語を話し、また他者の言語を翻訳すると大胆な説を唱えた。バンヴィルの濃密な文章はイディオレクトの顕著な特徴をもち、その重層的、多義的な意味の解釈を読者に求める。「詩のように読まれなければならない散文」の意味はこれである。

共通の語り手が登場する美術三部作のような連作で記憶が共有されることは容易に想像できるが、連作でない作品でも同じイメージがあらわれ、共振し、影響し合うことがある。たとえば『海』に「わたしは自分自身の亡霊になりつつある」(27)という記述があり、『亡霊たち』や『日食』で語られる亡霊の語の用法を思い出す。また、「わたしの記述においてたえずカモメの鳴き声が聞こえていることに気づいただろうか。……それはわたしの象徴だ」(28)という記述が後者にあり、読者はこの記述を『海』の冒頭のカモメの描写で思い出すかもしれない。『遠い過去の光』に、「鏡のなかの、つまり鏡に映った鏡のなかのグレイ夫人は裸だった」(29)という記述があり、読者は『海』の主人公が研究するボナールの裸婦の鏡像を思い出すだろう。『青いギター』の語り手のオリヴァー・オームは絵画の創作と窃盗は似ると語るが、その記述を読むとき、『事実の供述書』でフレディが絵画を盗む場面を想起しないことはむずかしい。『日食』でアレクサンダー・クリーヴの娘が海岸の崖から投身するが、その記憶は『海』の溺死の描写を読むときに影響するかもしれない。このように複数の作品で記憶と連想が共有され、それが語りの言語の意味に影響することを考えると、「フレディ・モンゴメリは登場人物でなく、一つの声にすぎない」と語るバンヴィルの独自の創作の意図が見えてくる。彼ら語り手たちは、それぞれ固有の性格を備えた個人というよりも、むしろバンヴィルのイディオレクトの媒体である。『ジョン・バンヴィルとの対話』でバンヴィルは、『海』で一人称の語りの視点を用いた理由を説明し、「わたしが語らなければ説得力をもたない[30]」と述べる。『青いギター』のオーム（Orme）の名まえが「あるいは著者（or me）」を暗示することをつけ加えておこう。彼のイディオレクトはそれぞれの物語のなかで個人の声を通して発信されるが、それを記憶する読者の意識のなかで互いに共振し、多義的な言語を形成する。詩の密度をもつバンヴィルの文章の意味は、究極的に読者の意識のなかで生成することを期待される。

われわれは、『ジョン・バンヴィルとの対話』でバンヴィルが芸術の役割として語る秩序の構築の意味を具体的に理解できるところへ来た。現実世界は秩序をもたない、と彼は言う。人はそれを理解しつつ、それでも「秩序を組み立て、必要に応じて混沌の世界に対してそれを投射する[31]。」なぜならたとえ幻想であっても、それを信じなければ生きられないからである。彼が詩のような濃密な文章を通して構築しようとする秩序は連想の体系であり、その構築の場は読者の意識である。オグデンとリチャーズのヒューマニズムを継承する創作の実践である。

注——

（1）John Banville, *The Sea* (Viking, 2005) p. 49.

（2）Ibid. p. 30.

（3）C. K. Ogden and I. A. Richards, *The Meaning of Meaning: A Study of the Influence of Language upon Thought and of the Science of Symbolism* (1923; Jovanovich, 1989) pp. 9-10. C・オグデン／I・リチャーズ『意味の意味』石橋幸太郎訳（新泉社、二〇〇八）五五ページ。

（4）John Banville, *Prague Pictures: Portraits of a City* (Bloomsbury, 2003) p. 70.

（5）Earl G. Ingersoll and John Cusatis eds., *Conversations with John Banville* (Mississippi UP, 2020) p. 38.

（6）Ibid. p. 13.

（7）Banville, *The Sea* p. 5.

（8）John Banville, *Athena* (Vintage, 1995) p. 35.

（9）Ingersoll and Cusatis eds., *Conversations with John Banville* p. 6.

（10）Friedrich Nietzsche, *Philosophical Writings* ed. Reinhold Grimm and Caroline Molina y Vedia (Continuum, 1995) p. 92. フリードリッヒ・ニーチェ『哲学者の書　ニーチェ全集3』

渡辺二郎訳（筑摩書房、一九九四）三五四ページ。

(11) Ingersoll and Cusatis eds., *Conversations with John Banville* p. 38.

(12) Ibid. p. 26.

(13) John Banville, *Eclipse: A Novel*（Vintage 2000）p. 77.

(14) Banville, *The Sea* p. 77.

(15) Ibid. p. 160.

(16) Ibid. p. 159.

(17) John Banville, *The Blue Guitar*（Viking, 2015）p. 193.

(18) John Banville, *The Book of Evidence*（Vintage, 1989）p. 162.

(19) Ingersoll and Cusatis eds., *Conversations with John Banville* p. 3.

(20) Ibid. p. 54.

(21) Ibid. p. 54.

(22) Ibid. p. 22.

(23) Ibid. p. 27.

(24) Ibid. p. 78.

(25) Banville, *The Sea* pp. 52, 30.

(26) George Steiner, *After Babel: Aspects of Language and Translation* (1975; Oxford UP, 1998) p. 179.

(27) Banville, *The Sea* p. 145.

(28) John Banville, *Ghosts* (Vintage, 1993) p. 199.

(29) John Banville, *Ancient Light* (2012; Penguin, 2013) p. 29.

(30) Ingersoll and Cusatis eds., *Conversations with John Banville* p. 46.

(31) Ibid. p. 5.

2 監獄の視点――『事実の供述書』

本棚[2] ニーチェ「道徳外の意味における真実と虚偽について」

大著が並ぶニーチェ著作集のなかで目立たない論文だが、ニーチェの言語論の精髄である。短時間で読了できるだけでなく、ルサンチマンとか超人とか力への意志といったニーチェ初学者を困惑させる特有の表現があらわれない点でも、ここから比較的容易にニーチェの世界に入ることができる。コンティヌアム社とブラックウェル社がそれぞれニーチェの重要な文章を集めて刊行した選集に収録され、英語圏のニーチェ理解の基礎を築いた点でも重要である。ここではその要点を解説し、バンヴィルの哲学的枠組みの理解に役立てることにする。

ニーチェ自身が直接問うように、この論文の中心的主題は「真実とはなにか」だが、真実はそれ自体で存在せず、特定の視点を通してあらわれると言い、視点について論じはじめる。最初の段落で「宇宙」と「自然」の悠久と広大を語り、人の視野はそれらのほんの一部だけをとらえると言う。夜の照明を考えるとよい。その周辺は明るいが、離れて見れば暗闇のなかの点である。ニーチェが考える人の知性の光は弱く、小さい。われわれはそれが届く範囲にとどまり、そのなかで情報を集め、真実を見つけようとする。それは暗闇を覆う幻想にすぎないとしても、われわれに束の間の安心を与える。そして、その外側に暗闇が広がっていることは忘れられる。真実とはなにか。それは「幻想であることを忘れられた幻想である、[1]」とニーチェは言う。

日常の生において事物を認知するとき、ふつう地球の自転による視点の移動を忘れている。コップの水を見ながら、視点が移動しているとだれが考えるだろう。視点にかかわる諸条件を忘れることで現実世界に対して自ら投影する解釈を真実としてとらえ、まるでそれ自体で存在するように理解する。「安心で、安全で、意義を感じられる生の唯一の条件は、主体である自分、もっと踏み込んで言うと、人為的に構築した主体である自分を忘れることである。[2]」

真実を見るための条件は忘れることだという驚くべき主張の論拠として、ニーチェは現実世界の多様性を語る。現実世界、われわれの生の環境はあまりにも複雑で多様であり、知性はそれに耐えられない。それを忘れることで管理できるものへ転換する、とニーチェは説明する。

この過程は二種類の抽象を伴う。一つは視点の抽象である。「宇宙」と「自然」につづいて「個体」や「生存」のような語彙があらわれ、ニーチェの思想の枠組みが生物学であることを示唆する。ニーチェは知性を「個体の生存の手段として[3]」とらえ、それは特定の物理的環境への適応を通して多様に変化すると論じる。たとえば都会で生きる人は、森で生を営む人と異なる世界観をもつ。知性と生存の関係は、幼児の行動を考えれば明らかである。ニーチェは蚊の視点に言及する。人は清らかな水を生存のために必要なもの、したがってよいもの、淀んだ水を悪いものとして認知するが、それらが蚊の生存にとってもつ価値は異なる。このように、判断に影響する生物学的環境は明らかに多様だが、人は自分の視点を世界の中心として位置づけようとする。「人間だけが純粋な意味で知性をもち、それを所有、生産する。だから世界はそれを中心として回っていると考える。(4)」思想、文化、宗教の普遍主義はみな視点の多様性を忘れることで成立する。

他方でまた、われわれは認知の対象である現実世界も抽象する。ニーチェは生物学の個体差の概念をもち出し、「どんな木の葉であろうと、まったく同じものはほかにない……(5)」と言う。現実世界は多様な個体の集合であり、そこには無数の木の葉が存在し、すべて異なる。木の葉だけでない。花も虫も鳥も、個体はすべて固有の特徴をもつ。世界はなんと多様であることか。この事実はあらためて考えると驚異的である。現実世界の多様性は驚異的であるほど圧倒的であり、われわれの知性はそれに耐えられない。そのため色彩や形状や大きさなどで類似する個体をまとめ、共通の語で表象し、観念に置換する。「リプレゼンテーション（表象）」に置換の意味が含まれるように、われわれは現実世界を言語で表象し、それを抽象的秩序に還元する。ニーチェは言う、「あらゆる観念は等しくないものを等しいとみなすことで生成する(6)」と。観念と言語の表象世界は現実を管理するための媒体であり、われわれに秩序と安定を提供するが、同時にまたそのなかにわれわれを閉じ込める。われわれは表象の抽象的秩序を用いなければ現実を認知できない。ニーチェはこの意味で表象を言語の監獄とよぶ。

ニーチェの監獄の比喩は、それに含まれる逆説を通して近代の表象にかんする本質的問題をあらわすと考えられ、以後の思想史や文化史でしばしば論じられてきた。監獄は隔離の施設であり、塀、壁、格子でその特殊な空間を社会から隔てるが、同時に他方で社会制度の一部でもあり、囚人を収容し、拘留する。社会から隔離し、しかし拘留するという逆説に、ニーチェを起点として澎湃したその後の文化史研究は啓蒙思想の虚構を読み解く鍵を見出した。ニーチェが言うように、あらゆる視点は現実の環境にあるが、普遍的真理の探求をめざす啓蒙思想は現実世界の彼岸にその視点を置こうとする。普遍主義の幻想を構築するために、枠を隔てて観察する文化が生産された。『文学とテクノロジー』でワイリー・サイファーは、枠のなかにとり込まれ客体として認知される現実世界を「疎外された映像」とよび、主客の分離を近代文化の特徴として論じた。枠によって隔てられた世界に対峙し、秩序と安定の幻想を得るとき、われわれは現実から隔離され、疎外と孤立を強いられる。ニーチェは監獄の比喩を通して生の矛盾を示し、一つの選択を迫る。幻想を信じつづけるか。それとも矛盾を直視し、新しい生のあり方を模索するか。後者を選択した創造的芸術家たちが二〇世紀の芸術の主要な流れを形成したとサイファーは論じる。

バンヴィルはその流れに属する。一九八九年の『事実の供述書』で主人公を殺人者として設定し、一人称の語りの視点を監獄に置いた。監獄は彼を収監する施設であるだけでなく、象徴的比喩でもあり、その意味の分析からニーチェがバンヴィルの創作に及ぼした影響を具体的に明らかにすることができる。

1

理由はわからないが、彼らについて考えようとすると必ず映像に変換してしまう。格子に頬を当て、視線を斜めに投げると、有刺鉄線と壁の向こうに刈られて筋状になった雑草や木が窓から見えるが、その映像を思い浮かべる。(七)[7]

バンヴィルについての解説で、哲学小説家として紹介されることがある。哲学の特殊な用語や概念をとくによくつかうわけでないが、彼の描くイメージや言動の大半は、物語を通して表現される哲学的世界観を重ねないと明瞭な意味を伝えない。たとえばこの引用、『事実の供述書』の語り手であるフレディ・モンゴメリが監獄でほかの囚人について記述する箇所で、「格子」は彼の視点を現実世界から切り離す境界、枠を暗示し、彼はそれを通して世界を映像に還元する。監獄は殺人を犯した語り手を収監する場所であると同時に、彼がその隔離された視点で世界を映像に変換し、構築する表象世界でもある。こうしてバンヴィルのテクストの主要なイメージや語句に加えられる象徴的意味をとらえ、彼の哲学的世界観にもとづいて物語を重層的に解釈することが、彼のテクストを読むときの基本的手つづきである。

フレディは殺人を犯す。逮捕のとき三八歳、無職である。かつて科学者としてアメリカの大学に勤務したが、とつぜん離職し、地中海の島に移住した。妻と一人の息子と生活したが、しばらくして生活費が尽き、知人のアメリカ人を通して借金する。その後、貸付者はマフィアであると知らされ、脅迫とともに返済を求められる。父の遺産の絵画で返済金を工面しようと考え、妻子を島に残して故郷のアイルランドの田舎町にやって来るが、母がすでに絵画を売却したと知る。彼は故郷をさまよい、訪れた画商の邸宅で一枚の絵画に強く魅了される。邸宅を再訪し、絵画を盗み出そうとするが、従業員に目撃され、彼女を撲殺する。彼女の名まえはジョージー・ベル。数日間の逃亡の末に逮捕され、獄中で公判を待つ。そのあいだに供述書を作成し、そのなかで過去の生をふり返りながら犯行と逃走の事実を語る。

「子どものときでさえ、自分は旅人であると考えていた」（一四一）と言うフレディにとって、人生は旅の連続であり、逮捕されるまで船や電車や車やバスで移動しつづける。明確な目的地をめざすわけでなく、明らかに逃避の衝動に駆られて移動するように見える。地中海からアイルランドへ向かうとき、移動する電車のなかで「自分が逃げ去ろうとしていることをよく理解していた」(二五)と語る。この時点で家庭へ戻る意思はおそらくない。妻子を残して地中海の島を離れるときの描写はこうである。結婚後の「一五年間、妻に対してなんらかの方法で背を向けようと努力してきたが、その朝がついにやって来た。島を離れる蒸気船で手すりをつかみ、港の臭いのする空気を吸いながら、波止場に小さく見える妻子に漫然と手をふった」(二〇)。次は、車で犯行現場へ向かうときの描写である。いま去ろうとしている世界に背を向け、バックミラーに映る景色の後退を確認する——

そのような次第で、愚かな薄笑いを浮かべながらハンバーホーク車を運転し、この村を去ろうとしている。なんの明確な根拠もないが、面倒な問題から完全に解放されるように感じた。村が遠く後退していくように、それらの問題も時間と空間のなかで縮小し、しだいに小さくなっていく奇妙な塊のように感じた。(一〇二)

彼の移動はいまここにある世界に対して距離を確保する衝動とかかわるように見える。彼はたえず視点を生の環境の外部に確保しようと努め、それによって世界を風景あるいは映像に変換する。

「わたしは一種の浮遊する眼、監視し、認知し、組み立てる眼である」（六四）。家族、仕事、社会から逃避し、最終的に監獄に行き着くわけだが、監獄は彼の移動の終着点であり、避難所でもある。だから、「逮捕！　心のなかでこの語を抱きしめた。わたしの心は安らぐ。安心を保証する語である」（二四一）と言う。

最初の引用に監獄の格子に額を当てるという記述があるが、この所作は繰り返しあらわれ、彼の習癖であることがわかる。たとえば実家で「額を窓ガラスに押し当て、その冷たく湿った感触に身震いし」（五三）、知人の家で「このまま額をガラスに押し当て、夏の日射しが目のまえの世界にが降り注ぐ様子を見ながら静かに立っていたい」（一四）。この習慣と、先述の収監の安心は関連するように見える。つまり、格子やガラスに触れ、その外部に見える世界から視点が隔てられていることを確認し、安心すると思われる。供述書の回想で、建物や車や電車のなかから窓を通して外を見る姿が繰り返しあらわれ、それらの場所と監獄の類似も示唆され、要するに彼の生はずっと比喩的な監獄のなかで営まれてきたと考えられる。

現実世界を映像に変換するフレディの物語で、絵画は重要な象徴的意味をもつ。彼は画商の邸宅から「手袋をはめた婦人の肖像」とよばれる一七世紀の絵画を盗み出そうとする。制作者は不詳だと彼は言うが、ニール・マーフィーは、おそらくオランダ人画家のウィレム・ドロステの作品だろうと指摘する。(8) その魅力的な目は「まるで生命を与えてほしいと懇願するようだ」（一〇五）とフレディは語るから、「婦人」を死者として見ていると想像され、表象のなかの死という哲学的主題を示唆する。この絵画を運び出すとき、建物の窓にジョージー・ベルがあらわれ、彼の行動を目撃する。彼の視点から窓枠が額縁のように見えると思われ、しかも――マーフィーが論じるように――彼女は肖像と同じ姿勢であらわれる（じっさいには彼の意識が絵画の映像を彼女に投影しているかもしれない）。いずれにしても彼の意識のなかで現実の映像と肖像は「融合する。」[9]その直後に彼は彼女を撲殺するが、その回想で、「わたしにとって彼女は生きていなかった。殺せたのはそのためである」（二二五）と語る。この時点で彼女は彼の意識のなかで映像に変換され、その表象世界の一部になると思われる。リプレゼンテーションは置換でもあることを思い出さなければならない。現実の彼女はこの幻想を破壊する存在だからとり除かなければならない。殺人は表象世界を守るために行なわれると考えられる。逮捕後、「手袋をはめた婦人の肖像」の複製が彼のところに届けられ、彼はそれを独房の壁に貼るが、この行為ももちろん象徴的であり、監獄が表象世界であることをあらわす。

『事実の供述書』でニーチェの言語論が直接言及されることはないが、その影響はフレディが表象について語る哲学的思索にも顕著に認められる。イーハン・スミスが指摘するように、[10]たとえば次の記述はニーチェに影響されたものだろう――

ひょっとすると指示対象の事物そのもの……はどこにも存在せず、これらの驚くほど曖昧で、正確でない語がある種の錯覚を引き起こすだけでないか、と考えることがある。つまり、じっさいにはなにも存在しないが、それを精巧に覆い隠すなにかを見るだけでないか。ひょっとすると事物が存在するために語があるのか。あるいは事実はたしかに存在するが、語がそれに存在を与えたのか。（五五）

フレディは作成する供述書が正確な記録でないことを認める。書きはじめてすぐ、「いや待て、誓いのもとに書くのだから真実を語らなければならない」（一一）と自らに言い聞かせるように語るが、「あの少女はジョーンだったか、ジーンだったか。まあ、ひとまずジェインとよぶことにして、彼女は立ち上がり……」（四九）といった曖昧な記述をつづける。彼が語る過去は虚構であるかもしれず、意図的に歪曲されているかもしれない。父が息を引きとった瞬間の回想で、彼は「父を両腕で抱え」たと語るが、つづけて「父はわたしに話しかけようと――いや、やめよう。わたしはそこにいなかった」（五一）と告白し、虚構を語りかけたことを認める。彼は言語をつかって真実を伝えようとおそらく考えていない。むしろ彼の記述は虚構と幻想から成る表象世界であると理解している。彼は次のように言う――

こんなことを語ったところで意味はない。本質的意味に達しない。ことばを乱雑に書き連ね、自己満足を得たり、瞑想したり、時間が過ぎるのを忘れたりしているだけだ。（三八）

物語の終わりにフレディの妻が刑務所を訪れ、彼と面会する。ガラス板を隔てて話すが、ガラス板も象徴的意味をもつだろう。彼にとって、妻もガラスすなわち表象の背後に存在する。「あなたはわたしたちについてなにも知らなかった」と妻は言い、彼はそれを認める。現実世界は「ずっとそこに存在したが、ただそのことに気づかなかった」（二一三）。彼が現実から乖離した表象世界で生きてきたことがこうして最後に明確に語られる。供述書はどの程度真実であるか。検察官にそう尋ねられ、「真実であるかと？　すべて真実であり、また真実でない。ただの恥辱だ」（二二〇）と答える。虚構を生きる彼自身の生の記述として真実であり、同時にまた、虚構であるという点で真実でないという意味だろう。

2

わたしにとって彼女は生きていなかった。殺せたのはそのためである。そこで次の仕事は彼女の再生である。それがなにを意味するか、知らないが、なにがあろうとやり遂げなければならないと感じる。いったいどんな方法でこの分娩行為を行なうのか。最初から、つまり彼女を子どものころから想像しなければならないか。……わたしの体はさまざまな可能性で膨らんでいる。わたしはいま二人のために生きている。(二一五～一六)

ここまで監獄の象徴的意味を考察してきたが、フレディが再起を決意するこの引用が示すように、物語の終わりで語りの調子は変化し、明らかに異なる主題があらわれる。それまで彼は孤立と疎外の生を回想してきたが、とつぜん妊娠の比喩をつかって「さまざまな可能性」があると語る。死から生へ、孤独から共生へ、物語は生の肯定へ向かって動き出す。それは監獄を出る動きであり、その具体的方法はこのテクストではほとんどなにも語られないが(彼は「それがなにを意味するか、知らない」と言う)、『亡霊たち』とそれにつづく一連のテクストで中心的主題を成す。

監獄はフレディに彼の求める隔離を与えるが、拘留の施設であり、その視点は社会の内部にある。この逆説は他者の視線によって露呈する。つまり、映像に変換した他者に認知されることで距離の幻想が明らかになる。彼は他者の視線を病的に恐れる。たとえば電車で移動する場面で、彼の正面に一人の農夫が座ると、彼はその視線にひどく動揺する。

農夫はまだ見ていた。こういう連中はいくらかまえ屈みの姿勢でこのような視線を向ける。自

分の挙動が他者を害することなどないと言わんばかりに自分を顧みない。(二五)

このすぐあとに「自分が逃げ去ろうとしていることをよく理解していた」(二五)という記述があり、他者の視線に対する不安は逃避の衝動と結びついているようである。彼は見られることで他者と同じ空間を共有していることを認識する。

殺人は他者の視線を破壊する行為として解釈できる。絵画を盗み出す瞬間に「別の存在が見ていることに気づいた。立ち止まり、絵画を下ろすと、たしかにいた。……彼女は大きな目を開き、開け放たれた窓のそばで立っていた」(一一〇)。ジョージー・ベルの視線は、彼がまさに現実世界から絵画を運び、それによって彼の表象世界を構築しようとする瞬間にその虚構を暴露する。彼はそれを衝動的に破壊しなければならないと感じる。彼が明確に語らない殺人の動機はおそらくこれである。ところが、その後に逮捕されると事件は報道され、彼は世間の注目を集め、檻のなかの「珍奇な動物」(三二)として人びとの視線にさらされることになる。「連中は互いにつかみ合うようにしてわたしを見ようとする」(三二)。先述の農夫の回想で彼が「こういう連中」と語るとき、彼は犯罪者の彼を観察する群衆を思い浮かべているかもしれない。結局、監獄で隔離と拘留の逆説を直視し、避難所を見つける試みが失敗だったことを知る。「わたしのめざす場所はどこにもないことを悟った」(八七)。この認知と経験を経て、最後に再起を決意し、「なにがあろうとやり遂げなければならないと感じる。」

ジョージー・ベルの再生に戻ろう。殺人者が被害者を「想像し、」「再生する」と語るとき、たいていの読者は困惑するだろう。バンヴィルの言う想像は独自の含意をもつので、彼の言語をあらためてイディオレクトとしてとらえなければならない。二〇一二年の対談でバンヴィルは次のように語る――

人は過去を回想するのでなく、想像する。わたしは年齢を重ねてそう確信するようになった。想像力は記憶よりもはるかに強い。今日の神経学者は、われわれはじっさいには回想しないと考えはじめている。回想するのでなく、現在の認知と経験にもとづいて過去の状況を創出するのだという。これは、あらゆる面にかんする疑問を説明できる点ですぐれた理論である。(11)

バンヴィルのテクストで、過去の創出としての想像は現在に影響を及ぼす創造的行為である。フレディの語りのなかで、過去の回想が現在形で語られたり、現在の事象が過去形で語られたりする。彼はその混乱に触れ、「時制がまちがっている」(三二)と語るが、その意味は重要である。なぜなら、そのとき語りの対象と視点のあいだの距離、孤立と疎外をもたらす主客の分離は曖昧になり、語り手は彼が生産するテクストのなかで対象と共存するからである。妊娠の比喩はこの状態への言及であると考えられる。たえず変化する現在の語りの視点において、過去と現在が融合したり、同時に存在したりして距離の問題を解決へ導く。

しかし、想像すると言っても、フレディは彼女についてなにを知っているだろう。交わしたことばは撲殺の瞬間の数語であり、事件にかんする新聞記事を読むまで彼女の名まえも知らない。いま供述書を作成しながら、犯行現場の記憶と新聞を通して得た情報から彼女の印象を形成し、おそらく肖像の映像を重ね合わせ、想像する。今後も新しい記憶を加えたり、記憶を変えたりしながら想像しつづけるだろう。その過程はすでにはじまっている。最初の回想で、彼女の最後のことばは「トミー」と「愛」だったと語り、最後にトミーすなわち恋人の名まえをよんだように伝えるが、のちに同じ瞬間を回想するとき、「マミーと言ったのだ。そうだ。トミーではなかった。たったいまわかった。マミーと言い、愛と言ったのだ」（一四八）と語る。バンヴィルのテクストでは、語りの視点は時間の経過とともに変化し、記憶は断続的に刷新される。別の回想でフレディは次のように語る――

ここで止めなければならない。自分にも、この回想にもうんざりだ。
時間よ、日々よ。
流れよ、流れよ。（一四四）

彼はこのあとにテクストの空白を挟んで別の回想をはじめるが、空白のあいだに時間が流れ、語りの視点が変化したことが示唆される。時間が流れる限り、新しい経験が生まれ、新しい記憶が加わる。語り手が想像を語り、テクストを生産しつづけることで、彼自身もまたジョージー・ベルとともにテクストの内部で生きつづける。

最後に、妊娠の比喩に芸術の創作を受動的な生産としてとらえる視点があることを見よう。フレディの想像は本質的に幻想の生産だから、「うんざりだ」と言う彼自身がおそらく気づいているように、それだけでは言語の監獄を出られない。じつはバンヴィルの美学にはもう一つの重要な手つづきがある。待つことである。バンヴィルの物語の主人公たちはしばしば明確な目的をもたず、ただ物語世界を移動しつづけるが、彼らの語りもまた連想の赴くままに進展する。想像し、記述し、フレディのように、あるいは「こんな戯言しか書けない[12]」と不満を述べる『海』のマクス・モーデンのように、うんざりしながらもそのなかからなにがあらわれ出るのを待つ。「生は理屈を超えて待つこと」(五六)だ、とフレディは言う。

サミュエル・ベケットの『ゴドーを待ちながら』を思わせる物語の進展だが、この美学の形成にハイデガーの『芸術作品の根源』も影響を与えたと思われる。ハイデガーは、芸術の目的は存在の開示であると主張した。事物が存在するという事実、それを芸術は表現する。しかし、それは芸術

家が創出するものでなく、作品の内部からあらわれるという。ハイデガーは言う──

芸術作品はその独自の方法で存在物の存在を開示する。ここで言う開示、顕現、存在物の真実は作品の内部にある。(13)

ハイデガーの美学の中心に異化の観念があることはよく知られている。さまざま事物に囲まれて営む日常の生において、われわれは事物が存在することに馴れ、その事実に対して関心を失う。芸術は存在を開示し、それによって世界とわれわれの生に対する認識を刷新する。しかし、芸術家が事物の存在を直接的に描くわけでなく、作品のなかでそれ自体で顕現する。その創出は受動的な生産である。

『芸術作品の根源』でハイデガーは、西洋の芸術はその本来の目的である存在の開示を離れ、アートのもう一つの意味である技巧を追求するようになり、堕落したと論じる。どれほど精妙な技巧で現実を再現しても、それは模倣に過ぎない。技巧は芸術でないが、そう誤認された結果、芸術家はその才能を示すことを求められるようになったという。『事実の供述書』の終わりに、フレディが検察官の調書について語り、検察官を「わたしがけっして真似できない直接的で巧妙な表現をつかう芸術家」（二〇二）として批判する箇所があり、ハイデガーの議論の反響を聞くことができる。

検察官は彼を「殺人者として生産した」（二〇三）とも言う。殺人者であることは事実だが、調書は彼にとって技巧でつくられた虚構である。彼はおそらく、それが監獄の外側の視点から彼に投影される解釈であることを意識している。最後に言語の監獄を脱け出したいと考えはじめる彼にとって、調書は容認できない。監獄を出るという主題は次の作品である『亡霊たち』で明瞭にあらわれ、以後のバンヴィルの主人公たちは家庭という存在の場所を求めてさまようが、この物語の最後でフレディが署名を拒否することがバンヴィルの創作の一つの転換点になった。

注———

（1）Friedrich Nietzsche, *Philosophical Writings* ed. Reinhold Grimm and Caroline Molina y Vedia (Continuum, 1995) p. 92. フリードリッヒ・ニーチェ『哲学者の書　ニーチェ全集3』渡辺二郎訳（筑摩書房、一九九四）三五四ページ。
（2）Ibid. p. 94. 前掲書、三五八ページ。
（3）Ibid. p. 88. 前掲書、三四七ページ。
（4）Ibid. p. 88. 前掲書、三四六ページ。
（4）Ibid. p. 91. 前掲書、三五二ページ。
（6）Ibid. p. 91. 前掲書、三五二ページ。

（7）『事実の供述書』の引用は、John Banville, *The Book of Evidence*（Vintage, 1989）から。
（8）Neil Murphy, *John Banville*（Bucknell UP, 2018）p. 73.
（9）Ibid. p. 74.
（10）Eoghan Smith, *John Banville: Art and Authenticity*（Peter Lang, 2014）p. 90.
（11）"Interview with a Writer: John Banville," *The Spectator*. Online.
（12）John Banville, *The Sea*（Vintage, 2005）p. 30.
（13）Martin Heidegger, *Basic Writings from Being and Time (1927) to The Task of Thinking (1964)* ed. David Farrell Krell（Routledge, 1978）p. 105. マルティン・ハイデガー『芸術作品の根源』関口浩訳（平凡社、二〇〇八）五三ページ。

3　バンヴィルの演劇の比喩――『亡霊たち』

本棚3　シェイクスピア『テンペスト』

『テンペスト』の魅力を語ろうとすると、ことばが磨かれた宝石のように見える不思議に触れざるを得ない。それはプロスペローの魔法のように幻想的な世界を生成し、鮮明な印象を記憶に刻む。劇の最後でプロスペローが杖を捨てることから、シェイクスピアは引退の意思を表明したとよく言われるが、その老いたイメージを『テンペスト』創作時のシェイクスピアに重ねると誤解を生じるかもしれない。初演は一六一一年であり、四〇代後半の作品である。島で聞こえるという音楽を、役者の台詞の音楽的な響きから感じさせるほど卓越した言語表現は後世の作家たちを魅了した。「その真珠は彼の眼だった」（一幕二場）はその例であり、T・S・エリオットはそれを『荒地』にとり込み、その美しい響きに新しい連想を加えた。

ここではバンヴィルの創作に影響したと思われる別の魅力を語りたい。シェイクスピアの時代の演劇は張出舞台で上演され、舞台と観客席を隔てる幕を用いなかった。幕間に大がかりな道具を運び込む近代演劇の慣行はなく、なにもない空間で観客の想像力を喚起したり要請したりすることで舞台世界を創出した。『ヘンリー五世』の冒頭に、戦場の場面でそれを想像してほしいという口上がある通りである。『テンペスト』の冒頭、嵐がナポリ王の一行を乗せた船に襲いかかる場面で、われわれはつい嵐の海の演出に期待と関心を寄せたくなるが、なにもない空間で、台詞を通して観客の想像を喚起するのがシェイクスピアの流儀だった。「水夫たちに言ってくれ、しっかりやらんと座礁するとな」(一幕一場)。劇の最後でプロスペローは観客に拍手を求め、それによって風を起こし船を動かしてほしいと言うが、拍手が消え、役者が退場すれば舞台はなにもない空間に戻る。シェイクスピアの時代に上演場所を提供した宿屋の中庭では舞台そのものも消失する。『夏の夜の夢』で「われわれ影がご気分を損ないましたら、ただ夢を見たと思ってご寛恕を」(エピローグ)と役者に語らせたシェイクスピアにとって、舞台は終幕とともに消失する夢のような世界だった。

プロスペローはシェイクスピアの演劇観を理解し、代弁する演出家でもあり、嵐の惨事を嘆き悲しむ娘のミランダに対してじっさいにはなにも起こらなかったと伝える。祝祭劇を演出する場面では、ミランダとファーディナンドに対して次の有名な台詞を語る。

いまあらわれた役者たちはみな妖精、
溶けて気体と化した。……

地上にあるものはみな消失し、
この実体のない劇と同様に
あとに一つの雲も残さない。人は
夢と同じもので織り成され、眠りによって
そのはかない生を閉じる。（四幕一場）

想像は劇世界だけでなく、生そのものも織り成す。そう考えると、美しい想像とそれを喚起する言語は生を豊かにすることになる。シェイクスピア劇は想像力を称揚し、人間が想像とともに生きる存在であることを力強く肯定する。

シェイクスピア劇では妖精や亡霊が活躍し、重要な役割を担う。シェイクスピアはそうした存在を描くことで人間の認知の限界を伝えるように見える。エリアルの力は王権の秩序を覆すほど強く、王の一行を翻弄するが、その姿は彼らに見えない。ハムレットは父の亡霊を見ながら、「そこになにも見えないのですか」（『ハムレット』三幕四場）とガートルードに問い、母が真実に対して盲目であることに驚く。虚偽の世界に生きつづけるガートルードと異なり、観客もまた亡霊を認知し、それが真実を伝えることを知る。現実よりも想像の世界に真実があるとすれば、現実と虚構、真実と虚偽の区別は曖昧になる。シェイクスピアはニーチェの真実と虚偽の議論を知っているようだ。テリー・イーグルトンが語ったように、「シェイクスピアを読むと……彼がニーチェ……の著作をほぼまちがいなく熟読したという思いにとらわれる。」(1)

さて、ニーチェの読者であるバンヴィルは、「万事を合理的に説明すれば生はどれほど退屈なものになるか、想像してほしい」(2)と語る反合理主義者である。『亡霊たち』にハムレット王とバンクオーの亡霊、エリアルへの言及があり、彼がシェイクスピア劇の現実描写よりも想像が創出する世界に関心を向けることを示唆する。リチャード三世の次の台詞の引用も、この作品にある——

日向で自分の影を見つめ、
その歪んだ姿と戯れるほかない。(『リチャード三世』一幕一場)

第一章で論じたように、バンヴィルのテクストはしばしば鏡のように語り手たちの想像を反映する。自分の影と戯れるリチャード三世のイメージに、彼はおそらく自分の小説と共通する構造を認め、『亡霊たち』を『テンペスト』の物語に重ね合わせて書きはじめた。その冒頭はナポリ王の一行の漂着を模した場面である。

「あの音はなに？」

みな息を止め、耳を澄ました。子どももそうした。かすかだが、低音で、とらえようのない歌が地面から生起するように聞こえた。(六)[3]

『亡霊たち』は、座礁した観光船の七人の乗客が島に上陸する場面ではじまる。彼らはまず美しい歌が聞こえることに気づく。『テンペスト』の冒頭を想起させる記述であり、彼らに食事と避難所を提供するクルツナー教授とリヒトの関係は、プロスペローとキャリバンの関係と部分的に重なる（教授はプロスペローのように過去に島の外からやって来た人物であり、リヒトを召使のように扱うが、彼らが生活する邸宅の所有者は後者である）。しかし、物語の展開にかんして『亡霊たち』と『テンペスト』を比較する

ジャン・アントワーヌ・ヴァトーの「シテール島の巡礼」

ことはあまり有益でない。バンヴィルのたいていの小説がそうであるように、物語を先へ進める主要な力は語り手の記憶を喚起するその言語にあり、物語は冒頭で『テンペスト』に似た映像を喚起したあと、語り手の記憶の連鎖に導かれ、シェイクスピアの物語とは異なる方向へ進展する。『テンペスト』と比較し、有益な解釈を引き出そうとするとき、筋よりもむしろ物語の構造の類似に注目するほうがよい。

島の音楽にかんする描写も独自である。『海』でも波の音が繰り返し言及され、語り手の記憶を刺激するが、『亡霊たち』のフレディは風や海の音を聞き、「目を閉じると過去が忘れていた旋律のように再生しはじめた。それを心のなかで聞くことができた。かすかに聞こえる、途切れそうな、切ない音楽だ」(六七)と語る。別の場面で、「島が奏でる音楽を聞いた。地面から生起するような低音の音楽であり、きっと想像の産物にちがいないと思った」(一二四)とも語る。島の音楽はたびたび言及されるから、たえず自然の音が聞こえることは事実だろう。ただしそれは人物たち、とりわけ語り手の意識を刺激し、記憶の反響をよび起こし、「心のなかで」音楽のように聞こえるらしい。バンヴィルが好んでつかう反響部屋のイメージがここにある。(4) 島全体が反響部屋として想像され、フレディはそこで過去の生を回想しながら生きる。

バンヴィルの作品に反響部屋のイメージは多い。『海』ではマクス・モーデンが妻の死後の自宅を反響部屋として語り、家の事物を見ると妻の記憶が押し寄せると言う。紀行文『プラハの映像』

ではプラハの全体が反響部屋として表現され、歴史のなかで重厚な文化を育んだこの都市の音や名称や史跡などが歴史的記憶を喚起し、この都市に鳴り響く無数の鐘の音のように反響を引き起こすと記述される。『亡霊たち』の島を想起しようとしても、島の現実の具体的描写は乏しく、われわれの意識のなかで明瞭な映像を結ばない。それは語り手の意識にとり込まれた世界であり、多様な音が彼の記憶を喚起し、豊かな連想の音楽を響かせる世界である。彼は言う、「わたしはここで陽光と潮風にさらされ、古びた部屋の静穏な雰囲気のなかで生きているが、同時にこの世界はわたしのなかで生きている」（八）と。

2

最後の傑作で、解釈の最もむずかしい「黄金の世界」だけでなく、彼のすべての作品にある種の謎がある。なにかが欠落し、なにかが意図的に語られない。が、まさにその省略に彼の作品の独自の力がある。不在と消失を描く画家。その映像はみな消滅の直前に浮遊しているように見える。（三五）

クルッツナー教授は著名な美術批評家であり、出所したフレディを助手として雇い、島の邸宅で画家ジャン・ヴォーブリンの研究書を執筆している。フレディが記述する彼らの生の中心にヴォーブリンの「黄金の世界」があり、この画家の存在は物語のなかで重要な意味をもつが、フレディは「彼にかんする情報はほとんどない。名まえさえもたしかでない」(三五)と語る。作品は現実から「浮遊しているよう」だとも語り、まるでテクストの中心に意図的に空白を与えるために、画家の情報をあえて提示しないように見える。

「なにかが欠落し、なにかが意図的に語られない」という解説は、ヴォーブリンの情報をあえて提示しない『亡霊たち』のテクストにもあてはまり、バンヴィルはこの引用で彼自身について語っているように見える。(5) ヴォーブリン(Vaublin)の名まえはバンヴィルの不完全なアナグラムであり、ジャン・ヴォーブリンがジョン・バンヴィルの歪んだ鏡像だととらえると、リチャード三世と同様に、自分の影を見つめ、それと戯れるバンヴィルの姿があらわれる。また、ヴォーブリンの作品の「黄金の世界」は一八世紀の画家ジャン・アントワーヌ・ヴァトーの「シテール島の巡礼」と「ジル」を合成した映像であるらしく、実在しない。「不在と消失を描く画家」が不在であり、そのテクストの空白をフレディの記述が覆うように見える。

「黄金の世界」にかんする記述はこうである。「白い服をまとった道化が両腕を垂らして立っている。背景に、坂を下り、船の待機場所へ向かって歩いていく人びとが見える。左で男がロバの背に座り、薄ら笑いを見せている」(四六)。ニール・マーフィーは、この記述のすぐあとで物語が類似の映像を成すと述べ、「フェリクスはこの絵のアルレッキーノ、フレディはピエロのジルであり、ほかの人物たちは乗船を待つ背景の人びとであることを確認できる」(6)と指摘する。読者の視点で見れば、まず物語があり、次にヴォーブリンの映像があらわれるが、あえて語り手の視点で記述の過程を考えてみよう。語り手は語りはじめるまえに島にやって来てヴォーブリンの研究に携わる。島の記述に「黄金の世界」の映像が投影されることはまちがいない（プロスペローの島と、クルツナーの名まえが示唆するロビンソン・クルーソーの島もこの映像を合成する）。それはヴァトーの絵画の屈折した反映であり、テクストはまるでいくつかの鏡のようにこれらの映像を反射し合う。「世界のなかに世界がある」とフレディは語り、合わせ鏡のイメージに暗に言及する。「それらは互いに重なり合う。わたしはここそこ、過去と現在に同時に存在する。鏡の世界の奥に静穏があるとわたしは思う。それはわれわれの世界の反映でなく、まったく異質な別世界である」（五五）。島は反響部屋であると述べたが、それを記述するテクストは現実と鏡像が複雑に交錯する世界を提示する。フレディはまた「夢も記憶を成す」（九〇）と語り、島の記述に彼の夢や幻想も投影する。物語冒頭の上陸の場面は現実描写のように見えるが、しだいに現実と幻想の区別は明確でなくなり、読者は主に語り手の幻想を聞かされているのではないかと考えるようになる。テクストの中心に不在があり、それへ向かって語り手が想像を投射することで物語は展開する。なにもない空間で上演されたシェイクスピア劇と構造的に類似することは明らかだろう。

邸宅の一室に「黄金の世界」の複製が飾られており、前作『事実の供述書』でフレディが独房に置く絵画の複製と同じ象徴的意味をもつと思われる。つまり、それは邸宅の住人がそこで構築する幻想と表象の世界の一部である。彼が「もう一つの監獄」（二二一）とよぶ島もまた、現実からの避難所であり、邸宅の住人はそこで幻想と表象の世界を構築する。彼は「これまでずっと孤独の世界に引きこもり、絵画や描かれた人物像などから成る幻想の世界に生きてきたことを……認める」（二一六）と語り、「すべて幻想であると心の奥でずっと理解していたように思う」（一九〇）とも言う。

3

生、生。外部にあること。（七三）

画家は観察するために対象を離れる。さらに環境の一部を枠に収めることで、それから視点を切り離し、明確な距離を確保する。生は「外部にあること」だというフレディの発言は、この分離と疎外の視点に言及すると思われる。美術三部作以後の物語でバンヴィルはしばしば画家や美術批評家の生を描き、その孤立と疎外を表現する。

『事実の供述書』でフレディは観察者の視点をもつことに固執し、同時に現実逃避の衝動に強く駆られ、たえず自らを孤立と疎外の生へ追いやる。車で移動する場面でバックミラーを見つめ、その小さな枠のなかで風景に変換した世界が遠く離れていくという描写があり、逃避しつづける彼の生を象徴的にあらわす。彼は絵画を盗み出し、殺人を犯し、収監されるが、それら一連の出来事を通して彼の現実逃避はつづく。彼の視点は最終的に監獄の格子によって現実から隔てられることになり、そのとき彼の疎外の過程は完結する。

『亡霊たち』の島が「もう一つの監獄」であることは、この場所も彼の移動のもう一つの終着点であることをあらわす。島の外部からやって来る観光客を、リヒトはまず邸宅に設置された望遠鏡で観察する。望遠鏡は、島の外部があらわす現実世界に対して邸宅がそれを観察する視点であることを示唆する。フレディは「島のなにかがわたしを引き寄せる」と言う。「それはおそらく切り離されているという感覚であり、世界から、そして自分からも守られるという幻想である」（二一）。また、「ときおり世界が自分から後退していくように感じる」（一八八）とも語り、出所後も隔離の視点を求めつづけたことがわかる。「過去ずっと同じだった自分はいまでも変わらず、いつも孤独で、ずっとまえから変わらない自分自身のガラスの監獄に閉じ込められている」（二三六）という発言も、この解釈に説得力を与える。

外部にあるという生の矛盾について考えてみよう。人はつねに特定の環境のなかで生きる。身体をもつ限り、視点が環境を離れることは物理的になく、客観的、普遍的視点は幻想にすぎない。こう論じたのはニーチェだが、その影響を強く受けたバンヴィルはその矛盾と逆説に直面する人物をしばしば描く。『海』の語り手はその一人であり、「わたしはそこにいる」という表現で彼の視点の矛盾がもち込む分裂をあらわす。論理的に、「わたし」は物理的につねに「ここに」いるわけだから「そこにいる」という状態は幻想である。同作品に視点の問題を扱うと思われる描写があり、語り手のモーデンは病院の二階の窓から外界を見下ろし、駐車場の車や人や木を観察する。二階の窓から現実を客観的に観察、報告する方法はリアリズム文学によく見られ、バンヴィルはその虚構を明らかにするためにこの視点をもち込んだと思われる。モーデンが見ていると、窓ガラスが鏡のようにに背後の妻を反映することに気づく。彼の観察の視点が特定の空間と関係のなかにあることを示し、客観的視点の観念を覆す。

視点の矛盾と逆説を抱えるバンヴィルの主人公たちは孤立と疎外に耐えられなくなり、居場所を求めてさまよう。『亡霊たち』の第二部で、フレディは島へやって来るまえに家に立ち寄る。妻は不在だが、彼は家に押し入る。その一連の行動は衝動的であり、現実世界に居場所を求める衝動を強くもつことがわかる。が、そこに居場所はなく、家具に触れていけないように感じ、「この家はわたしを締め出し、わたしは厄介払いされた存在である」ことを知る。「わたしは自分の不在の中心で立っていた」（一八〇～八一）。一七歳か一八歳であるという息子に会い、ことばをかけるが、知的障害をもつ息子は一〇年の刑期を経てあらわれた父を認知せず、会話が成立しない。彼は家を離れ、「わたしには家族がない。息子が一人いたが、死んでしまった」（一八七）と語る。結局、現実逃避の旅をつづけなければならず、島へやって来て、ヴォーブリンの絵画の表題が示す黄金の世界を想像しつづける。

亡霊の出現はこの距離の問題とかかわるように見える。『海』で「過去がもう一つの心臓のようにわたしの内部で鼓動する」(7)と表現するバンヴィルの時間意識、過去が現在と共存するという感覚はこの小説にも見られる。バンヴィルの世界では現在の経験も過去と切り離せない。光や音を知覚するとき、それらが意識に届くまでに時間がかかる。だから、われわれは過去の光を見ているのだとバンヴィルは言う。この特異な考えを他者の存在に適用すると、われわれは他者との対話においてその過去の映像、発言を知覚することになる。他者との関係において過去と現在の区別が曖昧になる結果、死者と生者の区別も明瞭でなくなる。『亡霊たち』でバンヴィルは、現実逃避の衝動をもち、外部の視点を求めつづけ、その結果孤立した人物が、過去の映像や亡霊と対話するようになる世界を描く。「夜になると周囲に人の存在を感じる。彼ら死者たちはわたしをとり囲み、語りかけたがる」（三八）。また、「知っている人びとの亡霊がここに集まっている」（一八六）。

なにもない空間で舞台世界を想像力で創出するシェイクスピアの方法とそのヒューマニズムをバンヴィルは継承する。が、彼の主人公たちは居場所を求めてさまよいつづける。最後に杖を捨て、現実世界へ戻っていくプロスペローと対照的に、フレディが鏡の世界を脱け出すことはなく、矛盾と逆説を含む生を維持するために現実逃避と幻想の生産を継続する。その生をバンヴィルが監獄の比喩であらわすことはすでに見た通りであり、彼が自分の立場をヒューマニズムとよばない理由はおそらくこれである。その限定的、逆説的な生の表現をあらわすために、彼はポスト・ヒューマニズムの作家を自称する。

注――――

(1) Terry Eagleton, *William Shakespeare* (Blackwell, 1986) p. ix. テリー・イーグルトン『シェイクスピア――言語・欲望・貨幣』大橋洋一訳(平凡社、一九九二)五ページ。
(2) Earl G. Ingersoll and John Cusatis eds., *Conversations with John Banville* (Mississippi UP, 2020) p. 32.
(3)『亡霊たち』の引用は、John Banville, *Ghosts* (Vintage, 1993) から。
(4) Neil Murphy, *John Banville* (Bucknell UP, 2018) pp. 81-82 の議論を参照。
(5) ジョン・ケニーも同様に解釈し、「『亡霊たち』におけるヴォーブリンの作品の記述は、バンヴィル自身の作品、とりわけこの小説の解釈である」と論じる。John Kenny, *John Banville* (Irish Academic Press, 2009) p. 165.
(6) Murphy, *John Banville* p. 79. Pietra Palazzolo et al. eds., *John Banville and His Precursors*

(Bloomsbury, 2019) p. 241 も参照。

（7）John Banville, *The Sea* (Vintage, 2005) p. 10.

4　迷宮としての世界──『アテーナ』

本棚4　フロイト「不気味なもの」

書評子としても長い経歴をもつバンヴィルは稀代の読書家、教養人であり、彼のテクストを読むとき多方面の知識と教養が求められる。敷居が高いという印象を与え、昨今の文学市場で敬遠されるかもしれないが、人文学の漂流がつづく同時代に古典の読書を促す作家の存在は貴重である。フロイトの論文「不気味なもの」はバンヴィルの知的基盤の一部を成し、批評家たちが論じるように[1]、彼の創作に持続的影響を及ぼす。

「不気味なもの」は一九一九年にドイツ語で発表された。前年に第一次大戦が終わり、その破壊と暴力がもたらした荒廃のなかで、不気味なものは日常の内部に潜在し、表出の機会を待つとフロイトは考えた。幼児期に抑圧され、意識下に押し込められた原始的感情が再起するとき、不気味なものとしてあらわれるという。見慣れないからでなくむしろ知っているからこそ、隠れているべきであるのに表出するからこそ、大きな不安をかき立てる。フロイトがこの論文で論じるE・T・A・ホフマンの幻想小説「砂男」の主人公のように、抑圧された不気味なものに対する不安から、ときに精神錯乱を発症することがある。

現代社会は教育を通して理性的思考を育み、合理主義と科学的説明の尊重を奨励するが、現実の不条理を完全には覆い隠せない。どんなに理性的に話しても他者と理解し合えない状況はある。善意の行動が必ずしも他者によって好意的に受けとられないこと、努力が必ずしも報われないこともわれわれは経験的によく知る。戦争や自然災害や伝染病で家族を失った人びとに対して、その死を合理的に説明できるだろうか。人はむしろ知的成長とともに理性的思考の限界を認知するかもしれない。不気味なものを内部に抱え、その表出に対していつも不安を感じているという人間観は、戦争のような大きな混乱が社会を覆う時代に支持されやすい。不条理に見える現実世界でそれをただ受け容れるほかないとき、われわれは社会の内部にある合理的に説明できないものの存在を強く意識する。

この論文でフロイトはホフマンの「砂男」をとり上げ、「多くの、もしそれが実生活で起こったならば不気味に思われるようなことも、文学のなかでは必ずしも不気味でないし、また文学には、実生活には存在しないような不気味な効果を生む多くの可能性がある」(2)と語る。今日の視点で見ても、芸術は美しいものや理想的なものを表現するという常識的な考えを覆し、その役割を不気味なものの表現としてとらえたことは斬新である。砂男は、夜に悪い子どもの寝室にあらわれ、その目に砂を入れ、飛び出した目をもち去るという。主人公ナタナエルは幼いころに砂男の伝説について聞かされ、怯えるが、その記憶はしだいに薄れる。やがて大学生になり、眼鏡売りの行商人から望遠鏡を購入すると恐怖が再起し、発狂し、死に至る。フロイトによると、失明の恐怖はしばしば去勢コンプレクスと関連することが精神分析の研究で報告されており、砂男に対するナタナエルの恐怖はそれに起因するものとして解釈できる。語り手は、早い時期のナタナエルの描写において、「これは現実世界なのか、それとも作者お気に入りの空想世界なのかを、われわれに推測させないということによって、われわれを一種の曖昧さのうちに留めておく。(3)」現実と幻想を明確に区別できない物語世界で、ナタナエルの無意識の表出と思われる幻想の記述がしだいに増え、抑圧された去勢コンプレクスの恐怖が彼を支配するようになる。それは彼が女性とかかわりをもつときに砂男に対する恐怖としてあらわれる。フロイトは、幻想文学は無意識の隠れた真実を表現すると主張し、文学の役割にかんする新しい説明を提示した。

第二次大戦後にフロイトの精神分析は新しい視点で回顧されるようになり、その拡大した視野において、同時代の危機の影響が注目されるようになった。人は混乱と不条理が顕著である時代にしばしば現実世界に背を向け、夢や幻想の世界に逃避する。かつて宗教戦争の混乱がヨーロッパを襲った時代にも、夢や幻想に避難所を求める動きが顕著にあらわれ、豊かな文化を育んだ。不気味なものに対する関心も高く、フロイトの人間観と顕著に類似する。そのことが認知され、危機の時代に再起するマニエリスムの文化が論じられるようになり、ヴォルフガング・カイザーの『グロテスクなもの、』グスタフ・ルネ・ホッケの『迷宮としての世界、』ワイリー・サイファー『文学とテクノロジー』など、高山宏の解説とともに今日広く認知される一連の関連書の出版を経て、フロイトの「不気味なもの」はその水脈を成すものとしてとらえられるようになった。

マニエリスムの語彙、概念、イメージはこれらの書物を通して普及し、精神分析の人間観、芸術観と結びついてその表現の領域を拡大した。バンヴィルのテクストにグロテスク、蛇状曲線、螺旋形、迷宮としての世界などマニエリスム美術の概念とイメージが頻出する。本章はそれを指摘し、彼の美術三部作の最後の作品である『アテーナ』の知的系譜を明らかにし、それをマニエリスムの実践として解釈する。

1

あの数枚の絵の内部を見つめながらわたしが期待したことは、おそらくいつもただ一つだけだった。きみの姿を見られるかもしれないということ、その輝く点が消失点からこちらへ近づくということである。(八二)[4]

『アテーナ』の物語は邸宅とよばれる場所を中心として展開する。それは『事実の供述書』の監獄や『亡霊たち』の島と同様に象徴的意味をもつが、語り手の主人公がそこで幸福を得るという点で大きく異なり、バンヴィルがこの物語で新しい象徴的世界を表現したことを示唆する。

語り手はおそらくフレディ・モンゴメリだが、その名まえに触れることはない。殺人の前科をもち、その過去を隠すために名まえをモロウに変えたと言う。彼の語る回想は『事実の供述書』と『亡霊たち』のフレディの経験と合致する。一七世紀の美術の専門的知識をもち、モーデンという絵画の闇取引業者に雇われ、かつて富裕な絵画の収集家が所有した古い建物に赴く。それがこの物語世界の中心である邸宅であり、モロウはそこで秘密部屋に案内され、一七世紀の画家たちの作品だという八枚の絵画を見せられる。その真贋を識別し、解説を書くことが彼の仕事であるらしい。その外から壁の隙間を通して女性の足が見えるが、部屋に入ると女性の姿はない。その後、表の通りで彼女に声をかけられ、秘密部屋で情事を繰り返すようになる。モロウは黒い服に身を包むこの謎の女性の名まえを知らないと述べ、Aとして記述する。彼女について、「きみはとつぜん動き出し、額縁の外へ出た」（八三）という記述があり、たびたび言及されるピグマリオン神話が重ねられている。Aは芸術（アート）をあらわすかもしれないし、学問と芸術の神アテーナをあらわすかもしれない。彼女の言動はしばしば具体的に記述され、現実の女性であるように見えるが、モロウの幻想がつくり出した人物であるようにも見える。「砂男」の物語と同様に、彼らの情事もまた現実と幻想を明確に区別できない世界の出来事である。画廊の絵画が盗まれ、事件を捜査する警察がモーデンの関与を疑い、モロウから情報を聴取する。邸宅が捜査され、秘密部屋の絵画の七枚は贋作であることが明らかになる。それらとともに一枚の真作、ジャン・ヴォーブリンの作品を海外へ運び出す計画だったことが伝えられ、モロウは仕事を失う。それ以後Aは消える。モロウは彼女が去ったことを嘆くが、そもそも彼女は物語世界で実在するか、明らかでない。

邸宅の空間とそこで起こる出来事の描写に、マニエリスム美術の顕著な特徴として認められる表現形式がとり込まれている。まず、周辺の通りは「見通せない迷路」(三六)であり、邸宅を中心として物語世界が迷宮のように広がっているという印象を受ける。一般に、その対立原理である古典主義の世界は直線と幾何学的構成をもち、夢や幻想の世界を描くマニエリスムは曲線を多用すると言われるが、邸宅の描写に曲線の言及が目立つ。「前方の廊下はいくらか曲がっていた。沈下のせいでいたるところに湾曲、凹み、予想しない傾斜があった」(一〇)。「美しい階段の手すりは上へ向かって捩じれるような曲線を描き、きみの腕の肘から手首にかけての部分を思い出させる」(八)。読者はAの腕がふたたび言及される箇所までこの描写を記憶に留めなければならないが、そこで「S字の腕」(一一九)という表現を見つけ、階段の手すりの蛇状曲線に気づく。モロウが階段をのぼると、モーデンがあらわれ、壁のように見える隠し扉を開け、彼を秘密部屋に招き入れる。

そこに八枚の絵画があり、モロウはその鑑定を依頼される。それらの表題は「ダフネ追跡、」「プロセルピナの凌辱、」「ピグマリオン、」「シュリンクスの解放、」「ガニュメデスの誘拐、」「ディアナの復讐、」「アーキスとガラテア、」そして「アテーナの誕生」であり、それぞれ変身の物語をあらわす。『迷宮としての世界』でグスタフ・ルネ・ホッケが指摘するように、(5) マニエリスムの画家たちはしばしばオウィディウスの『変身物語』に題材を求めた。モロウはピグマリオンを描いた作品について「マニエリスムの画家の影響が顕著である」（七七）と解説するが、後述するように、モロウとAの物語はこれら秘密部屋の絵画の主題とイメージの一部を共有し、相関するので、この解説を通して『アテーナ』のテクストに対するマニエリスムの影響が示唆されているように見える。変身するのはダフネやピグマリオンだけでない。語り手はモロウという新しい名まえで別人として生きることを望み、Aはアテーナの化身でもあり、モーデンの父のダーは変装の趣味をもち、ゼウスの変身を連想させる。また、曲線の多用、変身の主題、Aの失踪が示唆する幻想としての物語の設定などから、物語世界の全体が動きのなかにあるように感じるが、この印象は「あらゆるものは流動する」（一一九）と語る語り手の世界観と合致し、その表現と世界観にマニエリスム美術の影響があることを示唆する。浮遊の表現もある。『迷宮としての世界』でホッケは、パルミジャニーノからダリやシャガールへ至るマニエリスム美術の流れにおいて、浮遊あるいは重力からの解放が幻想世界の表現の型を形成したと指摘する。(6)『アテーナ』の秘密部屋の空間は蛇状曲線を成す階段の上方で浮遊するように見える。じっさい、「救いを求めてゆっくり昇天する霊魂のようにわたしは静かに螺旋の階段をのぼった」（九八）という記述に、浮遊のイメージはある。邸宅の地下に暗い空間があり、七枚の贋作はそこで模造されたことが最後に明らかになる。それは象徴的意味をもつと思われ、グロテスクの語源である洞窟（グロッタ）やフロイトの無意識の概念の連想を伴う。地下で幻想が生産され、地上の部屋へ運ばれ、モロウの生を形成するという物語の構造に、精神分析の人間観の反映を認めることは可能である。

『アテーナ』のテクストは、語り手のモロウが彼の生を記述する八章と、それぞれの章のあいだに挿入される秘密部屋の絵画の短い解説文から成る。解説文に記される画家の名まえはすべてバンヴィルの名まえの完全な、あるいは不完全なアナグラムであり、彼らの絵画はバンヴィル自身の幻想を反映するように見える。彼は幻想を絵画に投影し、モロウの視点を通して自らその解説文を書くように見える。画家の一人であるジョヴァンニ・ベリの作品の解説に、彼自身の小説の解説であるように見える次の記述がある――「見慣れ知る世界を離れたものの、じっさいにはそれによって失ったもの、放棄したもののすべてを絶望的に求める芸術家の内面世界と孤立の表現である」（七五）。批評家が指摘するように、(7) モロウが語るAの物語は第八の絵画である「アテーナの誕生」をあらわすので、これを七枚の絵画の解説文に加えると秘密部屋の八枚の絵画についての記述がテクストの全体を成すことがわかる。さらに、すでに触れたようにAの出現はピグマリオン神話と重なり、モロウが通りで彼女を追う場面の記述にダフネ神話の追跡の主題が認められ、彼らの情事の回想で短い季節が終わったと強調する記述がプロセルピナ神話を想起させるなど、解説文の対象である七枚の絵画が映し出す鏡像は物語に反映する。合わせ鏡の関係をもつこれら一連のテクストが、現実と幻想の両方をとり込んで複雑に構成する迷宮世界、それが『アテーナ』という作品である。

2

「われわれは高いところからきみを見ていた。」彼は上の窓を指し、そう言った。(八)

モロウと関係をもつ若い女性Aはなにものであるか。彼女は物語世界で実在するか。それともモロウの幻想のなかだけで存在するか。『アテーナ』の読者はその明確な答えを得たいと思うだろうが、それにかんするモロウの記述は曖昧である。彼女について考えると、「抽象的《アブストラクト》」という語を想起し、その発音から「不在の《アブセント》」(47)などの語も連想すると言う。テクストから明確な答えを導こうとしても有益でない。『アテーナ』は「砂男」と同様に幻想小説であり、モロウは現実と幻想の区別の曖昧な世界でAを愛するからである。バンヴィルの登場人物たちは幻想を生産し、それを現実の一部として生きる。フロイトが多数の著作で論じたように、夢や幻想の世界に象徴的意味を通して形成される固有の秩序があるとすれば、問題はむしろAの言動の象徴的意味を明らかにすることである。まず窓の象徴的意味を見よう。

モロウははじめて邸宅を訪れるとき、玄関のよび鈴を鳴らすが、反応はない。しばらくしてモーデンの部下があらわれ、「高いところからきみを見ていた」と告げる。あらためてバンヴィルの言語は多義的であることを思い出し、この窓がモロウの意識において喚起する連想を集め、「高いところ」の含意を考えてみる。男が指すのはおそらく秘密部屋の窓であり、先に引用した文、「昇天する霊魂のようにわたしは静かに螺旋の階段をのぼった」(九八)が示唆するように、秘密部屋は天上世界の連想を伴う。この連想はオリンポスの神々を描いた絵画によって引き起こされる。少しあとの記述で、モロウはAが彼を誘惑した理由を推察し、モーデンが「あの高い窓の一つ」から通りを見下ろし、「あの男だ、降りて行け。仕事だ」(五〇)と彼女に命じたかもしれないと想像する。Aはアテーナの化身でもあるから、「降りて行け」という発言にモロウが想像する神々の視点があるように見える。また、この描写のように、彼女の描写にしばしば窓があらわれること、モロウの視点から彼女の映像を収める額縁のように見えることも重要である。『事実の供述書』の考察で、フレディは窓辺に立つジョージー・ベルを絵画のように認知すると論じたように、バンヴィルは窓枠を象徴的につかうことを好む。ただし、『アテーナ』でAはしばしばその前景に立つ。秘密部屋の「彼女の背後に昼下がりの水銀色の窓が見えた」(九八)とか、邸宅の「ドアがとつぜん開き、黒い服を着た若い女性があらわれ、一瞬、歩道の上で立ち止まった」(三七)のような場面で、窓やドアの枠は彼女の背後にあり、彼女が絵画からあらわれ出たという印象を与える。モロウの想像のなかで「降りて行け」と言われるとき彼女は窓の奥にいる。物語の最後で彼がふたたび外から窓を見上げ、彼女の不在を嘆くことから、Aは最後に絵画の内部へ回帰すると解釈できる。

モロウとAはすぐ親密になり、秘密部屋で情事をはじめる。しばらくしてその壁に覗き穴をつくる。邸宅に着いたモロウがそれを通してAを窃視し、それぞれ見ること、見られることを楽しむための趣向として説明されるが、美術三部作の中心的主題である視点にかかわるから、その象徴的意味を考えないわけにいかない。モロウは「彼女に言われる通り、膝の高さのところで偽の壁に穴を開け、」レンズをはめ込んだ真鍮の器具をとりつける。Aがそれを発案し、モロウに指示することから、象徴的次元でアテーナが視点について彼に教示するように見える。以下はそれにつづく描写である。

わたしが真鍮の器具のレンズを適切な位置にはめ込むと、彼女は部屋を出て、膝を床につけて確認した。……戻って来ると、悪態とともに「逆だ」と言った。「外でなく、内を見るのよ！」そして、ため息をついたあとに「役立たない」と言い放った。「こうよ」(一五五)

美術三部作の連続を見ると、『アテーナ』の視点の変化がよくわかる。『事実の供述書』で窓から外を見るフレディ・モンゴメリの印象的な姿が繰り返し言及され、彼の疎外と孤立を強調する。窓を隔てて世界をとらえようとする姿勢は現実逃避の衝動と結びつき、殺人を犯して収監される彼の視点によって象徴的にあらわされる。続編の『亡霊たち』でも彼の孤立と疎外の生はつづく。刑期を終えて出所したあと島へ行き、そこで過去の生を回想しながら生きつづける。彼の孤独な自我は現実世界に対して距離を置いた視点に避難所を確保し、幻想の世界を構築しようとする。『アテーナ』の秘密部屋はまさにそのような避難所になるはずだった。おそらくその理由で、彼はレンズを外へ向けてとりつける。それに対してAは、「外でなく、内を見る」のだと言う。「内」も多義語であり、室内をあらわすと同時に内面世界、秘密部屋の絵画が映し出す幻想の世界も含意する。つまり、現実世界へ視線を向けようとするモロウに対して、アテーナは夢や幻想を見るよう教示するのである。

『事実の供述書』の冒頭に、殺人者として世間の好奇の目にさらされることの不快を語る記述があり、フレディは人に見られることを病的に嫌う。ところが、モロウはAと出会い、秘密部屋の情事を見られることを拒まない。そこでAは自分の目を覆うように彼に指示し、裸になり、窓辺に立たせるよう求める。表の通りから見られることを意識し、「彼らは本当に見たか」と尋ねる。モロウは「たしかに見た。いまも見ている」(一五八)と答える。それだけでない。彼らは風俗店を訪れ、そこで自分たちの性交渉を見てほしいと要求する。モロウはフレディのように世界を離れた視点で観察するだけでなく、そこで展開するアクションに参加する。「これはおそらく演劇である」（二〇二）と彼は言う。彼はその観客であり、役者でもある。この二重の視点はバンヴィルの別の小説『日食』で反復され、「舞台にいながら同時に舞台の天井のどこかで自分を見下ろしているように感じる」(8)という記述を与えられる。

演劇は、介護施設で生活するコーキー叔母についての記述でも言及される。モロウは彼女がオランダ人であると聞かされてきたが、物語の最後で彼女は病死し、それは嘘だったことが明らかになる。「なんという役者だ！……死ぬまでずっと外国製の煙草を愛用し、あんな訛りを印象づけることばをつかい、虚構を演じつづけたのだ」（二一八）。モロウが彼女の様子を見るために介護施設を訪れる場面で、彼女は「見たのよ」と言う。戦死した息子の亡霊を見たらしい。「いまあなたの立っている場所に立ち、わたしを見つめた。」介護施設の職員が「夢を見ていただけです」と言うと、彼女は「もちろん夢だわ」（九三）と語る。息子の不在を想像で埋めるように見える彼女もまた、幻想世界の住人である。人はみなそれぞれの幻想を現実世界に投影し、それを見ると同時に、そのなかで役割を演じる。多様な幻想世界の同時的共存、それがバンヴィルの描く生の現実である。

『アテーナ』はマニエリスム美学にもとづくバンヴィルの文学実践である。彼の幻想を映し出す八枚の絵画がテクストの中心、秘密部屋にあり、それに対してその幻想を記述するテクストが鏡のように対置され、現実と幻想が複雑に交錯し融合する世界を表現する。語り手の主人公は螺旋の階段をのぼり、物語の動きにとり込まれながらこの迷宮世界を訪れるわけだが、その過程で彼がそれまで求めつづけた視点、現実を風景に転換するための外部の視点とその秩序は消失し、幸福な避難所を見つける。幻想は演劇になり、彼は役者としてそれに参加する。ここでわれわれはシェイクスピアのあの世界劇場の観念を思い出すが、演劇が必ず終幕を迎えるように、幻想もまたいつか消え去る。Ａが消えた世界でモロウが語る悲哀を通して、幻想は一時的な避難所を提供するだけだとバンヴィルは認めるように見える。バンヴィルのテクストを読むと、プロスペローの悲哀を思い出すことがある。彼の文学作品で『テンペスト』はよく言及されるが、それはおそらくその類似を彼自身が意識しているからだろう。それでもバンヴィルは、杖を折るプロスペローと異なり、「書かないことはできない(9)」と言う。バンヴィルにとって、一つの作品の語り手は彼の幻想が創出する一時的な自我であり、その幻想の終わりとともに、彼は新しい自我を創出し、別の幻想を紡ぎはじめる。精神分析が考えるような「自我は存在しない。われわれは……さまざまな自我を創出し、とり換えながら生きているにすぎない(10)」と彼は語る。彼にとって一つの物語の終わりは次の創作への移行でもある。そうして登場人物とともに幻想を生きつづけることを選択するように見える。

注——

（1）たとえば次を参照。Bryan Radley, "The Comic Uncanny in Johan Banville's *Eclipse*," *Irish University Review: A Journal of Irish Studies* 49 (2019): pp. 322-39; Michael Springer, "'An *Earthly* Glow': Heidegger and the Uncanny in *Eclipse* and *The Sea*," *John Banville and His Precursors* ed. Pietra Palazzolo et al., (Bloomsbury Academic, 2019) pp. 214-33.

（2）フロイト『フロイト著作集3　文化・芸術論』高橋義孝ほか訳（人文書院、一九九九）三五四ページ。

（3）前掲書、三三八ページ。

（4）『アテーナ』の引用は、John Banville, *Athena: A Novel*（Vintage, 1995）から。

（5）グスタフ・ルネ・ホッケ『迷宮としての世界――マニエリスム美術（上）』種村季弘／矢川澄子訳（岩波書店、二〇一〇）二八七ページ。

（6）前掲書、七五ページ。

（7）たとえば、John Kenny, *John Banville*（Irish Academic Press, 2009）p. 166を参照。

（8）John Banville, *Eclipse: A Novel*（Vintage, 2000）p. 88.

（9）Earl G. Ingersoll and John Crusatis eds. *Conversations with John Banville*（Mississippi UP, 2020）p. 39.

（10）Ibid. p. 150.

5　非現実の都市──『プラハの映像』

本棚5　エリオット『荒地』

一九一四年に第一次大戦がはじまると、まもなく戦線にノー・マンズ・ランドとよばれる戦闘地帯があらわれ、ヨーロッパの荒廃の象徴になった。降り注いだ砲弾が破壊した大地と、銃弾にさらされて立ち枯れた木々が成す荒涼の風景は、大戦のイメージとして記憶に定着した。「つかみかかるこの根はなに？　砂利まじりの土から／伸びているこれはなんの若枝？」『荒地』の詩行はノー・マンズ・ランドの風景の言語表現として白眉であり、同時代に量産された同類の作品のなかで異彩を放った。人口に膾炙した最初の数行、「四月は最も残酷な月、リラの花を／凍土のなかから目覚めさせ、記憶と／欲望をないまぜにし、春の雨で／生気のない根をふるい立たせる」(1)は、大戦後のノー・マンズ・ランドの再生を想起させ、破壊のあとに生きつづけるヨーロッパの表象として受けとめられた。戦後も破壊は繰り返され、『荒地』に散りばめられた数々の印象的なイメージはその後の荒廃と再生の表現としてもつかわれるようになり、新たに加えられる連想を通して二〇世紀の破壊の歴史を記録することになった。

エリオットが用いた方法も革新的だった。その一つは引喩である。過去のさまざまな文学テクストの表現を直接的、間接的にとり込み、同時代の現実をあらわすためにつかったが、『荒地』の語り手の視点をあえて明示しないことで同時に複数の異なる声で語った。

ぼくは思い出す、
その真珠は、もと彼の眼だった。(2)

この詩行を『荒地』に提供したシェイクスピアの『テンペスト』で、「ぼく」はファーディナンド、海底に沈んだと思われる「彼」すなわち父のアロンゾー王を追悼する。ファーディナンドの声は『荒地』のテクストで失われず、ノー・マンズ・ランドの地中で白骨に変わっていく兵士を悼む語り手の声と重なる。過去と現在の同時的共存、画期的な文学論である「伝統と個人の才能」で表明した美学を、エリオットは引喩の方法で実践した。すぐれた詩人がもつ感覚、歴史的感覚は、「過去が過去にあったという事実だけでなく、それが現在にあるという事実の認知を伴う。(3)」エリオットは「伝統と個人の才能」でそう語る。その美学と実践は文学におけるヒューマニズムの再興の流れを導き、その豊かな文化を形成した。複数の意味を同時に感受できるのは、たえず重層的に動きつづける人間の意識のほかになく、人間を称揚することになるからである。

『荒地』は、『曖昧の七つの型』でウィリアム・エンプソンが言う曖昧あるいは多義性の文学の極点である。別の例として本章の表題にとった観念をとり上げよう。『荒地』に表現される現代都市は、一面では明らかにロンドンである。テムズ川や聖メアリ・ウルノス教会などロンドンのいくつかの固有名詞があらわれるだけでなく、ヒュー・ケナーの『機械仕かけの詩神』によると、その日常風景の正確な観察を反映しているという。たとえば「ロンドンの雑踏をはじめて経験したエリオットは、そこではまえを向いて歩くアメリカの群集と異なって『どの男もうつむいて歩いて』いることを観察し、(4)」早朝のロンドン橋の上を流れていく群集の表現に用いた。他方で、語り手は「エルサレム　アテネ　アレキサンドリア／ウィーン　ロンドン(5)」と語り、彼がつかう都市という語の指示対象を拡大する。これらの都市の名まえは情報の断片だが、読者の意識で重なり合い、「非現実の都市(6)」という曖昧な観念に結晶する。これは、『荒地』の多義的なことばとイメージが引き起こす異化の効果、現実描写をそれらが創出する非現実の世界に転換する方法の例である。エリオットは『荒地』の最後で聖杯探求の騎士が見る幻覚をこの方法で表現した。

『荒地』に影響を受けた作家は多い。バンヴィルはその一人である。以下、『プラハの映像』における『荒地』の影響を明らかにし、バンヴィルがエリオットの遺産を継承しながら創造した世界を見る。

1

本書は観光案内書でない。観光案内書を書くことを意図しなかった。では、なにか。ことばで言いあらわすのはむずかしいが、連続する回想であり、一つの主題をめぐる一連の思索である。記憶と想像の両方を用いて、一つの土地をよび起こす試みである。(7)

『プラハの映像』は二〇〇三年にブルームズベリ出版社の〈作家と都市〉叢書の一冊として出版された。バンヴィルが特定の都市についてまとまった文章を書くという試みは、彼の読者にとってひじょうに興味深い。というのも彼の小説で、現実世界はふつう語り手の意識にとり込まれ、その個人的な記憶や連想と結びついて表現されるからである。プラハの描写に同じ方法を適用するだろうか。適用するとすれば、この都市は彼の意識の鏡に映るとどう変容するだろうか。われわれの期待に応えるように、彼は巻頭の「購買者へのお断り」で、この本は「回想、」「思索」であり、「記憶と想像」がとり込まれていると明記する。彼がはじめてプラハを訪れたのは一九八〇年代初頭のこと、独裁体制下の暗い都市をそのとき目撃したが、それよりもまえに天文学者ヨハネス・ケプラーの伝記的小説を執筆し、約四〇〇年まえのプラハを物語の舞台の一部として描出した。想像のなかでケプラーとともに歩いたプラハの光景が蘇り、現実のプラハの認知と重なり合い、複合的経験に変容する。『プラハの映像』の大きな魅力の一つは、回想が現実の都市を変容する過程を明らかにする点にあり、本章はその考察からバンヴィルの美学の抽出を試みる。

回想の記述はバンヴィルの創作の基本的方法であり、彼の文学作品の独自の言語表現と密接に関連する。はじめにその特徴を確認しよう。まず、彼の言う回想は過去の光景や出来事の直接の再現でない。それらは回想する主体の意識のなかで特定の連想と結びつき、彼のイディオレクトによって独自の表象（リプレゼンテーション）に置き換えられる。たとえば『海』で、美術批評家の語り手が亡き妻を思い起こすと、エミール・ボナールの絵画のなかの女性のイメージがその記憶に重なり、複合的映像を成し、ボナールの作品に対する彼の感情と解釈が彼と妻の関係に投射される。同様に、バンヴィルがプラハで経験した現実は、彼の意識のなかで文学作品や映画や写真などの既存のイメージと結合する。「プラハの映像」の表題があらわすように、バンヴィルは一連の映像を提示するが、それらもまた互いに重なり合ったり、結合したりして、彼の複雑な意識の動きを反映する。だから彼は、特定の都市についての本に客観的情報を期待する同時代の読者に対して、これは観光案内書でないとわざわざ断らなければならない。プラハのカレル橋の記述はこうである――

川面の上の大気中で、氷の粒がきらめいていた。その光景は一七世紀のある年の朝、わたしの小説の主人公であるヨハネス・ケプラーがウルムから平底舟でここに到着したときと同じである。ケプラーは、大きな期待を込めて「ルドルフ表」と名づけた暦の第一版を皇帝自身に献上するためにやって来た。……特徴のない巨大なフラッチャニの要塞が、かつてこの地を踏んだわが天文学者を見下ろしたように、このときもわたしを見下ろしていた。（八）

このように『プラハの映像』はバンヴィルの私的な回想である。読者は彼の連想を知ることで、彼の過去の経験とそれが成す彼の生を理解する。

記憶はたいてい不明瞭なものであり、回想はしばしば既存の表現に依拠する。バンヴィルはこの事実を認め、むしろそれを積極的に利用し、過去と現在、現実と虚構の交錯する不思議な世界を創出する。たとえば、はじめてプラハを訪れたときの「記憶に残る光景と、ヨゼフ・スデクの写真の映像を確信をもって区別できない。スデクの写真がわたしのプラハの印象に及ぼす影響はそれほど大きい」（七〇）と語る。複数の映像が重なり合うことで視野の焦点は定まらず、魔都プラハの幻想的イメージがあらわれる。

わたしの記憶に、スデクの作品からそのまま取り出した一連の夜景の映像がある。雪の降る夜のプラシュニー橋の光景、街灯の光が丸石を照らしているあのカンパ島の広場の、冬空の下で立っている木の映像などである。木の背後にカレル橋がある。さらにその向こうに市街地が見える。まるで涙目で見るように、前景の街灯は一面かすみ、ぼやけている。（七〇）

これは現実のプラハの描写でなく、バンヴィルの意識に映る非現実の都市である。これらの映像を通して、読者は彼の意識でそれを成す彼の過去の記憶を知る。

これに関連して、バンヴィルはしばしば回想を現在形で語り、過去の出来事を現在の光景としてとらえる。たとえば『海』の語り手は亡き両親の姿を「そこに見る。」(8)同様に、『プラハの映像』でバンヴィルは皇帝カレル四世の「姿が見えない」（八四）と述べ、歴史の事実を知る困難を語りながら過去の人物の姿を想像し、テクストに投影しようとする。エリオットの言う過去と現在の同時的共存の観念をバンヴィルは理解しており、『プラハの映像』で彼自身の方法でそれを実践する。

2

ぼくは岸辺に坐って
釣りをしていた。背後に乾いた平原が広がっていた

せめて自分の土地だけでも秩序を保とうか(9)
——『荒地』

バンヴィルが『プラハの映像』でとくに強い関心を示す人物にルドルフ二世がいる。一五七六年に当時ヨーロッパで最大の帝国だった神聖ローマ帝国の皇帝に就き、強大な権力を掌握した。しかし、宗教改革に起因する深刻な対立と闘争がのちに三〇年戦争を引き起こす分裂の危機に発展し、広大な帝国の統治のさまざまな困難に直面した。バンヴィルはルドルフについて、「反宗教改革の恐怖に直面したヨーロッパで、カトリックの君主として生きる数々の困難」を子どものころに経験したと解説する。つづけて彼は歴史家アンジェロ・マリア・リペリーノの次の記述を引用する。ルドルフは、スペインで過ごした七年間に「あらゆる点でスペイン人になり、恐ろしい専制君主の挙措と風貌を身にまとった。傲岸、策謀、宗教的儀式の挙行、監視、異端者の迫害、異端審問における火刑、無限の権力という幻想、飽くなき領土と領海の追求、これらを教えてくれる場所が学校だった」(八六)。

ルドルフの関心はしだいに現実政治を離れ、もっぱら芸術と科学に向けられるようになった。それを象徴するように帝都をウィーンからプラハに移転し、そこに多数の芸術家と学者を集め、莫大な資金を投じて彼らを庇護した。バンヴィルが参照するR・J・W・エヴァンズの『魔術の帝国

――ルドルフ二世とその世界』に、ルドルフは「国政を放置し、錬金術師の実験室と画家や時計職人の工房だけに関心を向けた。それどころか、宮殿全体をこれらの事物のためにつかい、歳費をすっかり投入するほどだった。このために一般の人間からまったく疎遠になった[10]」という記述がある。帝国の秩序の維持のために君主が周期的にその領土を移動することが必要だったにもかかわらず、ルドルフはプラハをほとんど離れず、プラハ城の一画に驚異の部屋として知られる有名な収集を築いた。次はバンヴィルの記述である。

ルドルフは強烈な嫉妬心と執着をもつ人物であり、心気症を患い、救いがたいほど陰気で時間の経過を病的に意識し、死の予感に怯えた。収集家として強い衝動に駆られたのはそのためである。死の運命をふり払い、世界から隔離してくれる魔除けのような品々をプラハ城の部屋という部屋につめ込んだ。あらゆる種類のがらくたや奇怪な事物と崇高な芸術作品を並置したのである。（八七）

驚異の部屋は多様な地域からヨーロッパの中心に珍奇な品物や動植物がもち込まれた大航海時代の産物だが、ルドルフの収集の動機には明らかに現実逃避の衝動があった。同時代の現実に幻滅したルドルフは、現実に背を向け、芸術と学問の領域で組み立てられる秩序を追求した。その姿はエリオットが『荒地』に描いた孤独な自画像を連想させる。バンヴィルはプラハを暗闇として描いており、この都市の暗闇に刻まれる数々の歴史的苦難と、『荒地』が記録する二〇世紀の破壊の歴史の連続を考えたことは容易に想像できる。エリオットの自画像は、同時代の最大の課題だった戦争の抑止に対して理性の無力を直視した大戦間期の知識人のイメージだが、同時にまた、戦争や疫病や飢餓などが繰り返されてきた人類の歴史のなかで現実の災禍から目を背け、孤独な世界に逃避する人間の普遍的イメージでもある。バンヴィルが描くルドルフの姿に、『荒地』にあらわれる大戦間期の知識人のイメージの残像を重ねること、これはバンヴィルの文学世界を豊かにする解釈だと思う。

ルドルフが多様な土地から集めた事物はそれらの本来の環境からもち出された断片であり、驚異の部屋は断片の収集である。しかし、ルドルフの時代に存在の大いなる鎖という秩序を与えられ、世界という驚異の書物を構成する項目として認知された。ルドルフの宮廷の文化を支えた秩序の構築の衝動を、バンヴィルは理解しているようである。たとえばケプラーは、世界を神の意思の反映としてとらえ、「なんらかの計画、なんらか合理的設計があるにちがいない」(一五九)と考え、惑星の運動の法則を発見したと記述している。また、ルドルフの宮廷画家だったアルチンボルドを、「シュールレアリストという呼称があらわれるまえに、ばらばらのオブジェをグロテスクなジグソーパズルのように組み合わせ、肖像画を創作したシュールレアリスト」(六七)として称賛し、二

○世紀の前衛芸術の先駆者としてとらえる。

ルドルフの驚異の部屋を構成する二つの原理、断片の収集と秩序の発見もまた、エリオットとバンヴィルの創作に共通する原理である。『荒地』の語り手は言う――

　きみには言えない、思いもつかない。きみにわかるのは
　イメージの瓦礫の山だけ。(11)

『荒地』のテクストは断片的なイメージと詩行の連続である。それらは、一方で、大戦が破壊した文明の瓦礫を暗示し、現実世界の秩序の崩壊をあらわす。同時に他方で、シュールレアリスムの並置の方法を連想させる効果を引き起こし、日常の現実を超えた次元の秩序を示唆する。断片の収集と並置が『荒地』の斬新な実験的方法だったことはたしかだが、その一つの先例はルドルフの宮廷の文化にある。

記憶は断片的なものであり、したがって回想は断片の収集である。『海』の語り手は「記憶は動きを嫌う」と言う。つづけて、記憶は「出来事を静止して保存しようとする。これまで回想して語った多数の情景と同じように、わたしはこの情景も一枚の絵としてとらえる」(12)とも言う。バンヴィルのテクストは断片的記憶の集積だが、同時に、すでに見たように、それらは互いに重なり合い、

あるいは結合し、なんらかの秩序を形成し開示する。バンヴィルの言う回想"recollections"に収集collectionの語が含まれることは示唆的である。それは、断片の収集を通して新しい秩序を形成する過程である。

以上から、一つの知的系譜が明らかである。すなわち、ルドルフの宮廷の文化で一つの頂点に達したマニエリスムの水脈がエリオットという稀代の知性を通して再興し、バンヴィルに行き着いたのである。

3

プラハをはじめて見たのは冬だった。雪に覆われ、一月下旬だというのに季節外れに明るい日光を反射し、輝いていた。おそらくこの雪のためだと思うが、ここでプラハの最初の記憶を記述しようとすると、沈黙の印象が強くあらわれる。(一)

『プラハの映像』は沈黙についての記述ではじまる。バンヴィルは一九八〇年代初頭に訪れたプラハで、人びとが日常生活のなかで盗聴されることをたえず意識している様子を目撃した。「われわれ三人がプラハにやって来た目的を語ろうとすると、彼はすかさず口先に指を立て、天井の中央に小さく見える汚れた亀裂を指し、Gを沈黙させた」（一五）。また、プラハで生まれたカフカにバンヴィルが関心を示すと、カフカは「公式には存在しない作家」（二五）だと告げられたという。じっさいに見聞したこれらの経験が、バンヴィルのプラハのイメージの中心にあることはまちがいない。

他方で、沈黙はバンヴィルの一連の小説の重要な語彙の一つでもあり、たとえば『海』で繰り返しつかわれる。また、バンヴィルの本棚の一冊であるジョージ・スタイナーの『言語と沈黙』を思い出させ、そのなかでスタイナーが論じたナチズムの言論統制の記憶を喚起するなど、複雑な連想を喚起する。

逆説的だが、バンヴィルの沈黙はさまざまな音を内包する。冒頭の沈黙の記述のあとに、バンヴィルは次のようにつづける——

プラハの沈黙は虚無でない。それは存在である。道路の騒音、人の声、教会の鐘と無数に存在する時計塔の鐘の音、これらすべての音は——まるで上空に透明な窓ガラスがあるように——背景の静寂にはね返って反響する。（一）

これはバンヴィルが好んでつかう反響部屋のイメージであり、彼はプラハを一つの反響部屋としてとらえる。そこで生じる物音は、その静寂の世界を豊かな反響で満たす。第一章で論じた「詩のような濃密な散文」をつかって、彼はこの種の反響を表現しようと試みる。われわれはここでふたたび『荒地』の詩人を思い出す――

背後でときどきぼくの耳に聞こえる
警笛とエンジンのひびき(13)

「警笛とエンジンのひびき」は表面的にはロンドンの通りを走っていた自動車の音だが、詩人の耳は同時にアンドルー・マーヴェルの翼のある〈時〉の凱旋車の音をとらえる。それは、言い換えれば、日常生活の表層の下に詩人が認知する反響である。

プラハという大きな反響部屋の中心に、バンヴィルはそのもっと具体的なイメージを書き込んでいる。プラハの観光名所の一つ、聖ヴィート大聖堂である。彼は観光のためにそこを訪れ、「わたしたちは反響する壮大な沈黙の世界へ、遠い過去を閉じ込めた薄暗い空間へ足を踏み入れた」(三四)と回想する。同じ堂内を歩いたカフカの『訴訟』の主人公ヨーゼフ・Kの足音を、彼は自らの足音に聞いたかもしれない。

『海』の語り手は、生は沈黙に覆われていると述べる。彼は日常生活のなかで他者と会話するが、会話は直接的にほとんど提示されず、彼の一人称の語りにとり込まれ、回想の一部として読者に伝えられる。彼の娘によると、彼は「過去に生きている。[14]」他者の声は彼の沈黙の世界の物音、彼の意識のなかで反響を引き起こす刺激に還元される。彼だけでない。『青いギター』のオリヴァー・オームもまた、過去の反響を求め、「死者との共生を望んでいる[15]」と妻に言われる。バンヴィルの世界で、人は反響部屋の住人である。

反響部屋としての世界は、人の記憶がある限り存続する。『プラハの映像』でバンヴィルは最後に言う、「プラハは生きつづける。どんなときでも生きつづける」（二三五）と。繰り返すが、バンヴィルのプラハは現実の都市を意味しない。それはわれわれの意識のなかに浮かぶ非現実の都市である。彼はそれが存続するという確信を語り、同時に、エリオットから継承したヒューマニズムを宣言しているのだと思う。

注――

（1）T. S. Eliot, *Collected Poems 1909–1962* (Faber, 1963) p. 63. T・S・エリオット『荒地』岩崎宗治訳（岩波書店、二〇一〇）八四、八三ページ。

（2）Ibid. p. 67. 前掲書、九二ページ。

（3）T. S. Eliot, *The Sacred Wood: Essays on Poetry and Criticism* (1920; Faber, 1997) p. 40.

T・S・エリオット『文芸批評論』矢本貞幹訳（岩波書店、一九六二）九ページ。
（4）Hugh Kenner, *The Mechanic Muse*（Oxford UP, 1987）p. 29. ヒュー・ケナー「観察家エリオット」加藤光也訳『現代詩手帖一〇月号　特集T・S・エリオット』（思潮社、一九八七）一一五ページ。
（5）Eliot, *Collected Poems 1909-1962* p. 77. エリオット『荒地』一一一～一一二ページ。
（6）Ibid. p. 65. 前掲書、八七ページ。
（7）John Banville, "Caveat Emptor," *Prague Pictures: Portraits of a City*（Bloomsbury, 2003）. 以下、『プラハの映像』の引用はこの版から。
（8）John Banville, *The Sea*（Vintage, 2005）p. 26.
（9）Eliot, *Collected Poems 1909-1962* p. 79. エリオット『荒地』一一五ページ。
（10）R. J. W. Evans, *Rudolf II and His World: A Study in Intellectual History 1576-1612*（Clarendon, 1973）p. 45. ロバート・J・W・エヴァンズ『魔術の帝国――ルドルフ二世とその世界』中野春夫訳（筑摩書房、二〇〇六）一〇五ページ。
（11）Eliot, *Collected Poems 1909-1962* p. 63. エリオット『荒地』八四ページ。
（12）Banville, *The Sea* p. 164.
（13）Eliot, *Collected Poems 1909-1962* p. 70. エリオット『荒地』九七ページ。

（14）Banville, *The Sea* p. 44.

（15）John Banville, *The Blue Guitar*, (Viking, 2015) p. 90.

6　鏡のなかの劇場――『日食』

本棚6　キャロル『鏡の国のアリス』

アリスの物語をどうとらえるか。この問いに対する反応から、ある程度文学の教養を推量できるかもしれない。広く知られるように、『不思議の国のアリス』はルイス・キャロルがボートの上で少女たちに即興で語った話から生まれた。『鏡の国のアリス』はその後に書かれた続編である。この逸話はその児童文学としての受容を決定づけた。テクストを飾った一連の挿絵もこの受容に影響しただろう。しかし、二〇世紀になって、キャロルのテクストは前衛文学や記号論理学の世界観を先取りし、それらに影響を及ぼしたと指摘され、その文学的貢献は児童文学の枠組みに収まるものでなく、もっと大きな知的水脈に位置づけられるべきだと考えられるようになった。適切に評価しようとすると高い教養が求められるようになったのである。バンヴィルはこの傾向を支持するはずである。彼がアリスの物語からとり出してつかうイメージはしばしば複雑な象徴的意味を与えられ、彼の哲学的世界観をあらわす重要な表現を成す。

バンヴィルはキャロルが流布したイメージを好む。たとえば本章でとり上げる『日食』の主要な舞台は亡霊のあらわれる古い邸宅であり、亡霊が現実の影であることを強調する描写を通して象徴的な鏡の世界を成す。すでに見たように、バンヴィルは亡霊だけでなく、窓や絵画を現実を反映する鏡のように扱って鏡の世界を組み立てるから、『鏡の国のアリス』の物語は彼の創作の重要な先例になる。もっと具体的な例を挙げると、トゥィードルダムとトゥィードルディーへの言及や、「鏡を通り抜けて異世界に足を踏み入れた」（一一九）[1]という記述が『日食』のテクストにある。また、サーカスの一座がやって来て、邸宅のまえの広場にサーカスのテントを設営するだけでなく、鏡の館を併設することも、物語世界をあらわす象徴的記号として重要である。これらの一連の記述は、『鏡の国のアリス』の物語の構造が『日食』のテクストに反映することを示唆するように見える。

　言語を比較しても興味深い。鏡の国の言語はしばしば現実を指示する機能を失い、独自の規則によって表象世界を構築する。知っている虫の名まえを問われたアリスはウマバエを挙げる。すると、ウマの語が喚起するおもちゃのゆり馬の連想からユリウマバエがあらわれる。さらにアリスが蝶《バタフライ》と言うと、バタの語の連想から生まれると思われるバタつきパン蝶があらわれる。いずれも言語遊戯からつくられる架空の生きものであり、言語が連想を通して新しい現実の創出を誘導する。われわれはフロイトがこの種の原理を夢の分析からとり出し、言語による表象の一面を明らかにしたことを知るが、バンヴィルの創作の方法、「ボナール、傑作《ボンナール》、激しい侮辱《ボンナルグ》」という語の連続が示唆する方法も明らかにこれに類似する。バンヴィルは創作について語ったとき、登場人物の「名まえの適切な設定が重要である」(2)と主張した。名まえから連想を喚起し、テクストの織糸を紡ぐからだと思われる。

　現実を離れて暴走する言語に対して、常識《センス》を保持しようとする視点が、『鏡の国のアリス』にある。「そんなこと、ありません」とアリスは赤の女王に対して抗弁する。「山が谷だなんてはずがないですわ。そんなナンセンスなことって——(3)。」アリスは鏡の国の住人でない。物語の最後に現実世界へ回帰する。同様に、語り手も鏡の国の言語世界に同化することを拒む。アリスが名なしの森に入り、自分の名まえを思い出せず、困惑する場面で、「『それがわかればねえ!』とかわいそうにアリスは思いました」(4)(傍点、筆者)と語る。テクスト全体にチェス盤のイメージが与えられており、アリスはチェスの駒のようにその上を移動する。それを上から見下ろす語り手の視点があり、テクストは覗き部屋のようである。

　が、アリスの視点の問題はもっと複雑である。彼女は物語の最後に目を覚まし、鏡の国の出来事が夢だったと知るが、トゥィードルディーによると、彼女は鏡の国で眠る赤の王の夢のなかで存在しているという。そうであれば、彼女が目を覚ます瞬間に赤の王は消え、それとともに彼女自身も消えるはずだが、物語が終わる時点で存在する。ということは、彼女はまだ夢を見つづけており、そのなかで目を覚ましたかもしれない。このややこしい逆説は、生は出口のない迷宮にあるという帰結を示唆する。つけ加えると、バンヴィルもこの種の逆説を好む。『日食』であらわれる亡霊について、それは「わたしが不在でもあらわれるだろうか。バラは暗闇で赤いだろうか」(六七)と語り手に語らせ、同様の逆説と戯れる。このようにキャロルとバンヴィルの共通点は多い。

夢を見たのはアリスであるか、それとも赤の王であるか。「あなたはどちらだと思いますか」[5]とキャロルは最後に読者に問いかける。常識的に考えれば、アリスが目を覚ませば夢は終わり、ただ一つの現実世界だけが残る。しかし、鏡の世界はわれわれが認知しない別の次元で存在すると想像することは可能である。量子力学の多世界解釈を容認するバンヴィルはおそらくそう想像する一人であり、世界は一つでなく、複数の次元で同時に存在すると考える。『日食』の語り手が語る世界はその一つのあらわれにすぎない。そこにあらわれる亡霊は同時に別の次元の世界に存在し、その世界では語り手は亡霊のようにあらわれるかもしれないという。アリスが回帰する現実世界をバンヴィルはおそらく確実なものととらえない。それは鏡の国で見られる夢であるかもしれない。彼の人物たちは夢と現実を明確に区別できない世界をさまよいつづける。出口のない迷宮、終わらない幻想、彼の文学が描くのはそれである。

1

演じることを定められていたように思う。幼いころからいつも視線にさらされただけでなく、独りでいるときでもひそかに警戒を怠らず、表面を装い、演技を身にまとった。役者という連中は尊大な面をもち、どんなときでも自分だけが世間の注目の的だと想像したがるものだ。演じるあいだは当然のように自分だけが現実であり、影の世界における最も印象的な影だと思い込む。（一〇）

バンヴィルはアレクサンダー・クリーヴ連作の最初の作品である『日食』を二〇〇〇年に発表した。窓や鏡など美術三部作の主要なイメージをこの物語でもつかいつづけるが、一人称の語り手として役者を設定し、演劇に関連する語彙とイメージを多用する。語り手のクリーヴはいま舞台を離れ、療養しているが、かつてマクベスやリチャード三世を演じた著名な役者であり、演劇の作品だけでなく、理論についても詳しいようである。冒頭の引用は彼が役者としての生を回想する記述の一部であり、その独自の演劇観を反映する。

たとえばクリーヴが「影」という語で役者を語るとき、この語に複雑な連想を付与したシェイクスピアの用法を記憶するように見える。リチャード三世の、「日向で自分の影を見つめ、／その歪んだ姿と戯れるほかない」という台詞は『亡霊たち』で引用されるが、クリーヴの記憶に正確に刻まれているだろう。彼は、生きることは演じることであり、それは「現実でないが……現実よりもっと現実的である」(一〇)と語り、虚構の世界で生きることを選択する。生は役者が表現する夢のようなもので織り成されると表現したシェイクスピアの世界観に影響を受けたと想像される。

クリーヴは、彼を襲った精神的危機は「あまりにも長く表層の世界に生きつづけ、あまりにも見事に表層を滑りつづけた」(二二)ことに起因すると考える。演じることは「自分でないだれかになる」(三二)ことであり、そのとき「わたしのなかでなにかが高まった。無数の声が表現を求め、わたしのなかで争った。たくさんの人が集まっている感覚。わたしの仕事は彼らに声を与えることであり、わたしは声をもたない人の存在になろうと努めた!」(一一)。しかし、舞台だけでなく、現実の生でも演じつづけ、自我を見失った。演じる自我は虚構である。「自我があると思われる場所になにもなかった」(三二)。自分はなに者であるか。おそらくこの疑問に深く悩むようになったころに、ハインリヒ・フォン・クライストの『アンフィトリオン』の公演に出演し、次の台詞を語った。「わたしがそうでないとすれば、いったいだれがアンフィトリオンであるか」(一九)。劇のなかで、テーベの将軍アンフィトリオンはもう一人のアンフィトリオンの出現に動揺し、激怒し、自分の存在を問う。クリーヴは舞台でアンフィトリオンを演じながらこの疑問を発し、つづく台詞を継げなくなる。アンフィトリオンは彼が舞台で演じる役にすぎないが、もしアンフィトリオンでないとすれば彼はなに者であるか。彼がそう受けとめたことは明らかだが、同時に、演じる役を一つの自我としてとらえる彼がその生の空虚を直観し、演技を中断することでそれを破壊しようとしたとも解釈できる。この失態を機に彼は舞台を離れ、生家に戻り、独りで生活しはじめる。

クリーヴは「単独の本質的自我……を見つけるためにここへやって来た」と語る。それは「無用になった無数の仮面の下に隠れているにちがいない」（五〇）とも言う。しかし、期待に反して、彼がその後に「本質的自我」を見つけることはない。影の世界である舞台を離れ、自分を見つめ直すために邸宅にやって来るが、亡霊があらわれ、そこでもたえずだれかに見られているように感じる。「幼いころからいつも視線にさらされた」と語るから、見えない存在を想像する習癖があるかもしれない。彼自身が「周りにあらわれる亡霊のように非現実的で、実体をもたない影とともに生きる影」（四八）になる。「わたしはついに自分自身の亡霊になったようだ」（五四）。結局、影とともに生きつづけなければならないこと、本質的自我などないことを知る。

じつはバンヴィル自身が本質的自我の存在を否認する。二〇一四年の対談で、心理学が想定するような「自我の存在を信じない。われわれが創出する一連の自我だけが存在する」[6]と語った。『青いギター』のオリヴァー・オームは、「わたしという存在はない」と語る。「したがって存在するのは一連の外見、一連の態度にすぎない。[7]」役者が舞台でさまざまな役を演じるように、人はさまざまな自我を創出し、それらをとり換えながら生きる。生きることは演じることだというクリーヴの考えはこの人間観からあらわれると思われる。バンヴィルは、あえて主人公が本質的自我を見つけようと試み、それに失敗する物語を描くことで、人は虚構のなかで生きつづけるほかないと伝えるように見える。

ただ統合すること、分離された自分を自分のなかにとり戻すことだけをわたしは望んだはずだ。分裂の状態、つねに引き裂かれている状態はもう耐えがたい。（七〇）

2

現実と虚構の分裂は根深い。クリーヴは演じる自我を離れ、本質的自我を見つけるために移動する。舞台を離れ、家庭を離れ、邸宅で生活するが、最後に邸宅も離れる。目的地をめざすというよりもむしろ移動あるいは逃避することが目的であるように見える。

クリーヴは結婚によって築いた家庭から逃避する願望をもつ。療養のために家庭を離れるから、彼にとってそれが避難所でないことは明らかである。夫婦の関係は破綻しているようであり、邸宅で生活しはじめるとき、彼に同行した妻は、「正直に話して。……わたしたちを見捨てるつもり？」（一一三）と尋ねる。じっさい、彼はその後に妻から電話を受け、電話を切ったあとに電話機を壊してしまう。「舞台では演じることができず、現実の生では演じることをやめられない」（一五〇）と語るから、演技は家庭の生活にも及ぶのだろう。「あなたが舞台を降りることはない。家族でさえ観客にすぎない」（一三八）と妻に言われる。また、娘のキャスは研究者として外国で生活しているが、近く帰って来るらしい。精神的な病気のために小さいころからたくさんの困難を抱えた娘について、彼は愛情を語るが、「不快になる」（七〇）とも語る。娘はいま彼らの支えを求めているらしく、妻は、「あなたは家に戻るべきだわ。……キャスが戻るとき、あなたはここにいるべきだと思う」（四〇）と言う。が、彼が妻に言い放つことばは冷たい。「当面のあいだここで満足だ。……生きようとしなくても生きられるから」（一三二）と言い、家庭に戻ることを拒否する。

次に、物語の中心的な場所である邸宅、彼の生家を見ると、その記述はもっと多義的である。クリーヴはそれについて語りはじめるとき、「家庭と言いそうになった」（四）と語り、そこで別の家庭を見つけたいという願望を示唆するように見える。邸宅にやって来る日の前日に夢を見て、そこで生活することを決めたという。夢のなかで彼は少年であり、「復活祭の日の朝に戸口に立って……広場を見つめている」（六）。家のなかに復活祭の贈りものがあり、「明らかに幸福をあらわす光」を放っている。贈りものの一つは卵が出てくる雌鶏のおもちゃである。少年のころに父がそれを買い与え、その記憶が夢にあらわれたらしい。光は少年時代の幸福の象徴。戸口は境界をあらわす。その向こう側に役者になるまえの幸福な世界があり、それを求めて邸宅へ戻ったと解釈できる。

しかし、別の回想で語るように、じっさいには「ここで家庭にいると感じたことはなかった」（四八）とも言う。母は空き部屋を貸した。間借り人たちについての記述にしばしば亡霊の比喩があらわれる。「知らない人びと、亡霊のような存在とともに少年時代を過ごした。……いまわたしはここで間借り人のように生活し、わたしの視野にあらわれる亡霊のように実体を失った」（四八）。彼の回想の記述で間借り人たちがことばを発することはなく、彼らは映像に還元されるように見える。彼にとって、邸宅は劇場のような場所、影の世界であり、「家庭にならない場所で育ったわたしは役者のように演じるほかなかった」（一八）。要するに、虚構を演じる生からの避難所をもたない彼はそれを求めて移動するが、現実世界にそれを見出せない。夢で戸口の奥にあらわれる光の世界は幻想であり、絵のように戸口の枠に収まり、彼の期待と願望と幻想を映し出す鏡のようにも見える。結局、自ら幻想を生産し、そのなかで生きるほかなく、そこで自我を見つけようとするが、その結果、むしろいっそう影のような存在になる。

3

「わたしの名まえはアレクサンダー・クリーヴ。」低い、たしかな声でわたしは言った。「そして、これはわたしの娘だ。」（一八四）

『日食』は、バンヴィルの数々の難解な物語のなかでもとくに解釈がむずかしく、読者はさまざまな疑問に直面する。クリーヴが自分の名まえを力強く発する箇所があり、この引用がそれだが、そのとき彼のなかから自我があらわれたとテクストに記されているから、自分はなに者であるかというアンフィトリオンの問いに答えを見出した瞬間だと考えられる。しかし、それは彼がサーカスの舞台に立ち、大勢の観客に見られている瞬間でもある。舞台を降板した彼がふたたび舞台に立って自分の存在を主張する理由はなにか。また、「わたしの娘」はキャスでない。クリーヴは邸宅で生活しはじめてすぐ、邸宅の管理人のクワークから家政婦として一五歳のリリーを紹介され、彼らが邸宅の地下に居住していることを知るが、それを黙認する。リリーは「自然にキャスを思い出させる」（九四）と語り、しだいにキャスの記憶を彼女に重ね、彼女を娘としてとらえるようになる。妻が邸宅を訪れるとき、彼女を養女にしたいと提案する。別の家庭をもつという願望に彼女を巻き込むように、「わたしたちはこうした状況からきみをすっかり解放し、ふさわしい家庭を提供したい」（一三六）と言う。そして、サーカスの一座がやって来る。クリーヴは彼女とそれを訪れ、まず観客として客席から舞台を見つめる。次に道化があらわれ、催眠の被験者を募る。リリーがこれに反応し、舞台に上がる。道化は彼女を中心として回りはじめ、彼女はそこで意識を失う。客席で一連の動きを見ていたクリーヴも舞台に上がり、彼女の手をとり、道化と対峙する。「これはわたしの娘だ」と語るが、なぜ彼女を娘と語るのか。さらに、彼がサーカスの舞台でこう語るころ、外で皆既日食が起きている。バンヴィルはそれを物語の表題に用い、象徴的意味を与えるようだが、それに関連する情報を直接的にはほとんど示さない。日食は物語の展開、サーカスの舞台の出来事とどうかかわるか。

あらためて邸宅が影の世界、現実を反映する鏡の世界であることを確認しよう。サーカスの舞台はその延長である。「かつて母がつかった部屋の窓のまえに妻に似た人影が見えた。……ガラスに反射する日光のために窓枠のまえにあらわれる人影が動くように見えた。妻だったか、それとも女性の形に見える影にすぎなかったか」(三三)とか、「昨晩、台所で食器を洗いながら急にふり返ったところ、なにかが戸口に見えた」(五三)といった描写に見られるように、邸宅の描写で窓や戸口が繰り返しあらわれ、クリーヴの視野において枠を成し、そのなかに収まる事物を映像に変換する。それらの映像は影や亡霊として実体をもたないことが強調され、全体として鏡の世界を成す。クリーヴはサーカスの舞台の道化の背後にもその出口を認知するから、道化もその一部を成すと考えられる。クリーヴは舞台で道化と対峙するとき、彼の「眼に自分が反映するのを見た」(一八五)。つまり、クリーヴが役者として活躍したとき、舞台は影の世界だったが、まず邸宅へ、次にサーカスへ移動する過程を通してその奥へ入り込む。彼は自我をそこで見出し、「これはわたしの娘だ」という虚構を語り、現実をその影で覆い隠す。それは虚構のなかで演じる自我であり、彼の言う本質的自我ではない。人は虚構あるいはテクストを自ら生産し、その内部で生きる。サーカスの一連の出来事はバンヴィルのこの人間観をあらわす。

これらの出来事はテクストの前景で起こるが、直後に、背景を成す遠いイタリアからキャスが海岸の崖から投身したという知らせが伝えられる。身ごもっていたらしい。邸宅でよくあらわれた女性と子の亡霊は彼女の死の予告だったことがわかる。物語全体の展開は彼女を影に還元する過程であるとも考えられる。クリーヴの語りから成るテクストは、彼の解釈と幻想を通して現実を屈折して反映する鏡であり、キャスはそれに多様な鏡像を映す。物語の最後の一文は、「わたしのマリーナ、わたしのミランダ、わたしのパーディタ」(二一二)であり、彼女はシェイクスピアの登場人物のイメージに還元される。この一文はまた、クリーヴが語るテクストが演劇世界をあらわすことを示唆する。最後の章、第五章は「最終幕」(一八九)、物語の全体は「悲劇」(一九三)として語られ、テクストの全体が舞台、影の世界であることが暗示される。

常識的に考えれば、死は存在の消滅であり、物語の結末でキャスは存在しないが、バンヴィルの世界では死者は亡霊として存在する。強い記憶力をもつ読者であれば、「わたしは海の下にある世界、われわれと反対の世界、裏の世界について考える」(六七)とクリーヴが語ったことを思い起こし、海に投身したキャスの死と結びつけるだろう。『海』のマクス・モーデンも、病死した妻は海の向こうにいると想像する。クリーヴはこの想像を共有するようであり、キャスは海が表象する別の世界へ移動したととらえると推測される。

皆既日食の比喩は、以上のように解釈される物語に象徴的枠組みを与えるように見える。それはキャスの死を暗示するだけでなく、クリーヴの生を影が覆うことを象徴的にあらわす。皆既日食の瞬間にキャスの存在は消失し、その空白を埋めるように彼女の影であるリリーが舞台にあらわれる。クリーヴはその中心で自我を確認し、虚構のなかで生きていくことを選択する。人は太陽を直視できない、とジャック・デリダは語る。だから、それを表象に置き換える。[8] バンヴィルは影に覆われた世界を描く。『日食』は、シェイクスピアやキャロルのイメージをとり込み、この人間観を表現した物語である。

注

(1)『日食』の引用は、John Banville, *Eclipse: A Novel* (Vintage, 2000) から。

(2) Earl G. Ingersoll and John Cusatis eds., *Conversations with John Banville* (Mississippi UP, 2020) p. 68.

(3) Lewis Carroll, *Though the Looking-Glass and What Alice Found There* (Macmillan, 2015) p. 33. ルイス・キャロル『鏡の国のアリス』高山宏訳(東京図書、一九八〇)四六ページ。

(4) Ibid. p. 56. 前掲書、六六ページ。

（5）Ibid. p. 198. 前掲書、一九九ページ。
（6）Ingersoll and Cusatis eds. *Conversations with John Banville* p. 150.
（7）John Banville, *The Blue Guitar*（Viking, 2015）p. 211.
（8）バンヴィルとデリダの関係について、第八章で論じる。

7 動く視点――『海』

本棚[7] サイファー『ルネサンス様式の四段階』

文化史家ワイリー・サイファーの著作は卓越した洞察と博覧強記の産物である。『ルネサンス様式の四段階』で彼は、ルネサンスの遠近法の確立とそれに対する反動の動きから対立する二つの原理をとり出し、それらが互いに対して対抗的に発展する過程として近代の西洋文化史を組み立て、膨大な情報をそれに盛り込んだ。文学と美術だけでなく、建築と彫刻からも用例をとり込み、ミルトンとベラスケス、ダンとパルミジャニーノというアクロバティックな並置を平然と論じる歴史的感覚をもつ。書けば名著を生産したのは不思議でない。とりわけ豊かな結実は高山宏の言うサイファー四部作、一五世紀から一九五〇年代までの文化史を四つの時代に区切り、それぞれ『ルネサンス様式の四段階』『ロココからキュビズムへ』『現代文学と美術における自我の喪失』『文学とテクノロジー』として論じた連作である。

ニーチェに倣って現実世界についての理解はすべて解釈であると考えるサイファーは、現実の正確な模倣または記録の試みとしてのリアリズム芸術を否認し、芸術の役割を解釈の様式の創造としてとらえる。「芸術は生を濾過する。芸術家や作家は、われわれと現実のあいだに特殊な様式または表現技法を据える。[1]」『ルネサンス様式の四段階』で一四世紀はじめから一七世紀終わりまでの数々の芸術作品の断片をとり出し、比較し、類似の特徴をまとめることでルネサンス、マニエリスム、バロック、ロココの四様式を特定する。これらの様式が複雑な関係を保ちながら共存した文化、それをわれわれは一般にルネサンスとよぶが、その包括的な概念に複数の動きの流動的な関係をとらえた点で、E・M・W・ティリヤードの一枚岩のルネサンス観を覆した一九八〇年代の文化唯物論を想起させる。その基本的なルネサンス文化の理解をサイファーは半世紀まえに先取したわけである。

芸術の様式と社会の関係の理論的説明においてもサイファーの研究は早い時期に成熟に達した。様式は、「社会の感じ方、反応の示し方、考え方、意思伝達の仕方、夢の見方、逃避の仕方」の具体的あらわれだと言う。この関係についていまでは依拠する理論は多いが、基礎と上部構造の図式的説明で知られる粗悪なマルクス主義理論が影響力をもった当時、サイファーは圧倒的な知識と洞察力によって高い次元の独自の理論的考察に達した。「文学の構文法的変化をたどることによって、われわれはヨーロッパ文化のさまざまな時代においてさまざまな意識形態があったことを知り、それを理解することができる[2]」と彼は言う。テクストの形式的分析にもとづいて同時代の感情の構造を論じ、複雑な文化史を明らかにするサイファーの仕事はいまでも魅力的だが、理解に至る道は険しい。その意味でも、その理解を共有するように見えるバンヴィルの物語について考えることは有益である。

サイファーが論じるルネサンスとマニエリスムの区別は明確だが、固有名詞を矢継ぎ早に繰り出す彼の文章は必ずしもそれを明瞭に伝えない。理解の鍵は視点、アルベルティによって確立された遠近法の視点である。遠近法の確立は風景を幾何学的秩序にとり込んだだけでなく、視点を映像の中心である消失点に対置して固定し、管理の中心として権威づけた。この視点は人間主体の優越を規定するルネンス様式の基本的構造を形成した。他方で、「ルネサンスが一六世紀、そして一七世紀へ経過する過程で、その精神は西ヨーロッパの全土で不安と不信の慄きに揺れ動いた。」[3] 遠近法の秩序とそれを支える知の権威はしだいに信用を失った。一つの視点で現実世界を客観的に理解できるという前提への懐疑が高まり、遠近法で構成される映像の虚構性が認知されるようになった。新たにあらわれたマニエリスムの視点は動く。それは世界を流動的、多面的にとらえ、複数の映像の統合を試みる。統合の場は意識であり、その点でマニエリスムはヒューマニズムの再興と連動する。逆説的だが、現実世界の混乱に対して知が無力を露呈する時代に、現実逃避の傾向の強まりとともに内面世界に関心が向けられるようになり、ヒューマニズムが再興する。

マニエリスムは狭義でとらえると特定の時代の様式だが、支配的秩序が残存的になる時代に新しい現実認識の様式として歴史のなかで繰り返し台頭する。マニエリスム美術のイメージと主題がバンヴィルの小説にとり込まれていることを第四章で見たが、本章で論じるように、その影響は彼の文体にも明らかに認められる。サイファーの議論に依拠して、バンヴィルの文体において同時代の思考と感情の構造を分析することは可能だろうか。以下はこの疑問を考えるための試みである。

アナは未明に息を引きとった。じつを言うと、そのときわたしはそこにいなかった。暗く、清浄な朝の空気を深呼吸しようと、病棟の外階段に出ていたからである。静かで、人影はなく、かつてバリレスで過ごしたあの夏の海のもう一つの記憶を思い出していた。わたしは独りで泳ぎに来ていた。なぜ独りだったか、クロエとマイルズはどこにいたか、思い出せない。彼らの両親とともにどこかに外出していたのではないか。最後の時期、たぶん死の直前に両親といっしょに過ごした外出だったと思う。空は一面どんよりしており、波を起こすほどの風はなく、波打ち際のわずかな波動が、眠そうな縫い子の手のなかでひらひらと同じ動きをつづける縫い目のように力のない動きを繰り返していた。海岸に人影はほとんどなく、遠いところにわずかに認められたが、重く動かない空気のせいか、彼らの声はじっさいよりもずっと遠いところから届くようだった。わたしは腰まで海に入り、立っていた。海は完璧なほど透明で、水面下の波状の砂地や、小さな貝や、蟹の折れた足の一部や、色白で自分のものでないように見えるわたしの足が、ガラスケースの標本のように見えた。立っているととつぜん、いやとつぜんというよりもむしろわたしをとり巻くような感じで、海全体が盛り上がった。それは波というよりもむしろゆっくりと進行する膨張であり、なにか巨大なものが海底で動いたように下からつき上げた。わたしは一瞬もち上げられ、わずかに海岸に寄せられ、それからなにも起こらなかったように着地した。じっさいなにも起こらなかった。一瞬のなんでもない出来事だった。大きな世界がいつもの通り無関心に肩をすくめただけだった。

そのとき看護士がやって来て、わたしをよんだ。わたしは彼女のほうを向き、彼女につづいてなかへ入った。まるで海へ向かって歩いていくようだった。(一九四〜九五)(4)

これは『海』の最後の一節である。場面は直前の文章からとつぜん語り手マクス・モーデンのいる病棟の外階段に転換するが、ここまで読んできた読者は当惑しないだろう。『海』のテクストの大部分は断続的に語られるモーデンの回想であり、唐突な場面転換を繰り返すからである。彼は少しまえに病室から出て来たと思われる。「そこ」はいま終末を迎えている妻の病室をあらわすが、この語は彼の回想でしばしば物語の中心的イメージである海を指示する。「わたしはそこにいる。

すぐそこに」（九七）。第一部の最後で、海にいると想像する亡き妻に向かって彼はこうよびかける。病棟の外に出た彼は、ほんの少しまえに海に沈んでいく妻の姿を想像していたかもしれない。この推察が適切であることは最後の一文の病室と海の連想で確認できる。おそらくこの連想から、「あの夏の海」の記憶を思い出している。すなわち五〇年ほどまえの夏に、いまと同じように静かな雰囲気の海辺で経験した海面のとつぜんの高まりの記憶である。グレイス一家の双子のクロエとマイルズの溺死も思い出しているだろう。彼のその後の人生に決定的影響を及ぼしつづけたこの出来事で、クロエとマイルズは彼に背を向け、海へ向かって歩き、そして見えなくなった。去った理由は明らかでない。この出来事を契機に彼は死を海に入ることとして想像するようになったと思われる。また、海の「膨張」は二人の溺死の日の海の記述でも言及され、この語はおそらく彼にとって溺死の連想を伴う。いま海面の高まりを回想しながら、死の世界にのみ込まれるところだったと考えていると推察できる。回想は看護士があらわれて中断し、ふたたび病棟の外階段の描写に戻る。妻の死を直感しただろう。看護士につづいて病室に戻る自分の心情を、「海へ向かって歩いていくようだった」と表現する。

以上の分析はそれほどむずかしくないが、この曖昧な結末の細部をもっと明確に説明しようとすると、ここまでのテクストの精読と強い記憶力が求められる。最初の行の「じつを言うと」を理解するためには、ヴィンテージ版で一八ページまえの、「看護士、看護士、早く来てくれ、妻がわたしを残して去ってしまう」（一七六）という記述を覚えていなければならない。その記述を通して、彼は妻が「息を引きとった」瞬間を見届け、そのとき激しく動揺したように伝えるが、引用した回想でじっさいにはそうでなかったと告白するのである。「膨張」が彼の意識のなかで形成する複雑な連想について詳しく説明すると、妻の回想をはじめてすぐ、腫瘍によって肥大した彼女の腹を見て妊婦を連想したことを語り、それを膨張と表現する。彼はピエール・ボナールを研究する美術批評家であり、ボナールの有名な「浴槽の裸婦」にボナールの妻のマルトが子宮と棺の両方を暗示する浴槽に横たわるイメージがあり、子宮と死の連想はそのイメージの連想を引き起こすはずである。さらに、引用の最後の世界の無関心もモーデンの回想で繰り返されてきた話題であり、複雑な連想を伴う。一年まえ、病院で妻の癌が末期であることを告知され、妻と帰宅すると自宅の様子がいつもと同じであることに気づき、違和感を覚え、人の運命に対する世界の「無関心」（一五）を感じたと語る。「事物は存続するが、生きものは滅びる」（七）。クロエとマイルズの溺死の描写でも、波間に消えていく彼らの頭が一瞬「小さな白い波」になり、「次の瞬間になにも変わったことはなく、無関心な世界は閉じた」（一八〇）と語り、それが彼の死の観念と強く結びついていることを示唆する。おそらくいま、彼が明確には語らない思考の流れにおいて波の高まりから連想する彼自身の死を思いながら、そのときの世界の無関心について黙想している。ここにバンヴィルの文学の重要な主題である疎外があり、本章の最後でそれに触れるが、まずは文体の考察をつづけよう。

強い記憶力をもつ読者であっても、テクストの全体を暗記するわけでないから、記憶が導く相互参照を通して記述の断片をつなぐことになる。そうして物語の理解を深めることがバンヴィルの連想の文学を読むための基本的手つづきである。同様の手つづきで読まれることを期待したジェイムズ・ジョイスの『ユリシーズ』の方法について、ヒュー・ケナーが『ストイックなコメディアンたち』で次のように解説する。「読者がどんな好みの速度で読もうと、みなテクストの連続しない表面で格闘することになる。余白に注を記し、戻りたいときに以前のページに戻る。読書の持続的前進を損なうわけではない。テクストはそれを強く求めず、読者がまたやって来ることを待ちつづける。」(5) ジョイスはバンヴィルの文体に影響を与えた作家であり、有益な比較の対象になる。既出の関連情報の参照がテクストの読解に欠かせない点では同様だが、多数の資料を参照して『ユリシーズ』のテクストを編成したジョイスに歴史の客観的記述の意図が明らかに認められるのに対して、バンヴィルの読者は語り手が自ら正確でないと認める曖昧な記憶を余白に書き留める。読者は相互参照を通して物語の理解を深めるだけでなく、語り手の報告の矛盾や虚偽に気づく。

引用の最初と最後は明らかに連続する描写だが、あいだに時間と場所の異なる出来事の回想が挿入され、流れを中断する。すでに触れた通り、この種の場面転換はこのテクストの全体に認められる特徴であり、一つの回想の記述がもっと強引に分断されることもある。たとえば、モーデンは過去のバリレスの記憶をよび起こそうと「カフェ。カフェで。カフェでわたしたちは」(一〇八)と記述をはじめるが、一文を完成するまえにとつぜん別の話題に移る。ヴィンテージ版で一一ページに及ぶ長い中断のあとにカフェの記述を再開し、「わたしはクロエとストランド・カフェにいる……」（一一九）と語るが、このとき読者は前出の断片をもう忘れているかもしれない。このような断片を相互参照によってつなぐと、彼の持続的関心から生まれるいくつかの思考の糸が、中断と再開を繰り返しながらケルト文様のような入り組んだテクストを成していることがわかる。あえて複雑な構成を選択するバンヴィルの部分的意図が意識の動きの表現であることはまちがいない。意識の流れの文学が描出したように、意識はつねに複数の次元で思考し、関心の中心となる対象をたえまなくとり換える。モーデンが病院で医者の診断を聞く場面がよい例である。彼は目のまえの医者の机を見て学校の風景を思い出し、

ピエール・ボナール「逆光の裸婦」

「これほど緊張する状況はないというのに、人の心はなんと散漫であるか」（一二）と考える。グレイス一家と交際した夏の記憶、ボナールの作品とその研究、娘の反発、妻の闘病と死などのいくつかの主要な話題をとり換えながら、彼は断続的に回想を語る。しかし、中断と再開が語りの矛盾と虚偽を表面化する点で別の意図ももつと思われる。次に語りの視点を考えてみよう。

語りの視点は時間の経過とともに変化する。「じつを言うと、わたしはそのときそこにいなかった」という告白が示すように、モーデンは中断後に回想をただ再開するのでなく、前言をとり消したり、否定したり、言い換えたりする。この方法が適切であることを主張するように、真の芸術家は作品を完成しない、と彼は言う。エドゥアール・ヴィヤールは美術館に展示されていた自分の絵をこっそり描き直したと語り、時間が経つと視点が変化し、手を加えたくなるのだと説明する。言語もまた変化することを彼は理解している――「夏が来るとわたしたち、すなわち両親とわたしはここで休暇した。これはおそらくつかわなかった表現である。休暇でここへやって来た。たぶんこのような表現をつかったはずである。過去と同じように話すことはなんとむずかしいことか」（二五）。彼が読者に伝える彼の名まえはマクス・モーデンだが、彼の母が「なぜ彼女はいつもおまえをマクスとよぶのか。……おまえの名まえはマクスじゃない」（一五六）と問う場面が物語の後半にある。そのとき、それは筆名であり、彼はそれを美術批評家としてつかいはじめたことを明かす。かつてバリレスで過ごした日々のさまざまな記憶をそれまでに語ってきたが、当時、彼は別の名まえでよばれていたことになる。彼自身がときおり過去の正確な再現を試みるような語り方で回想するが、彼の回想はじっさいには新しい視点と言語による過去の創造である。

モーデンと妻の関係は、それを記述する視点が変化するために第一部と第二部以後で明らかに異なる印象を与える。過去の回想をはじめてすぐ、彼は妻の死後の孤独と喪失感を吐露する。一般に死別の悲しみは愛の大きさに比例するから、彼は妻を深く愛していたと考えるのが妥当である。また、彼はさまざまな画家たちの絵画のイメージを通して現実を解釈することを好み、妻の記憶にボナールの描いたマルトのイメージを投影して語る。妻を意識のなかで偶像に還元し、それを愛することで「自分についての空想を現実のものに転換する」（七七）。ところが、第二部以後に妻の言動の記憶を具体的に語るようになり、妻の視点が明瞭にあらわれる。記憶に刻まれている彼女の最後のことばは、「わたしにもそれなりの憎しみはあったわ。結局わたしたちは人間なのよ」（一六二）であり、彼らの関係の否定的な一面を明らかにするだけでなく、「わたしにも」に含意される彼自身の悪感情を彼の回想が意図的に隠していることを示唆する。

妻の視点は彼女が病院でつかうカメラによって象徴され、強調される。彼女はかつて写真家になることを志した。入院してからカメラを娘にもち込ませ、ほかの患者を撮影しはじめる。彼女の写真はモーデンが語ることのない現実をとらえる。彼女は彼に写真を見せ、「わたしの証拠書類」であり、「わたしの告訴状」だと伝える。なにに対する告訴かと彼が問うと、「すべて」（一三六）だと答える。彼女の不満と抗議の内容は明らかでなく、そのことは、それがモーデンの視点からとらえることのできない現実であることを示唆する。彼の語りへの同化を拒むように見える彼女の視点はアナモルフォーズの技法を思い出させる。モーデンが木の上から家庭教師のローズを見下ろす場面の回想に、「彼女は短縮遠近法によって両肩と頭が成す歪な円形に変容し、なんとも奇妙な映像であらわれた」（一六九）という表現があり、アナモルフォーズの技法がこの小説で意識的につかわれていることをつけ加えておこう。妻の視点がモーデンの語りに割り込み、彼の語りの虚偽や隠蔽を明らかにすると、彼は新しい視点で語るようになる。

ローズはモーデンの記憶に「潮風を受ける三連祭壇画」として定着しているバリレスの海岸の映像の中心に、クロエとグレイス夫人とともにあらわれ、そのなかで「最も鮮明な映像を結ぶ。」彼がクロエとグレイス夫人の映像を記憶からとり出そうと努力すると、「鮮明になるどころかむしろ焦点が合わなくなる」が、「ローズは描き終えた肖像画であり、完成品である」（一六五〜六六）。彼女はいま彼が滞在する共同住宅の管理者のミス・ヴァヴァサーとして語られ、ローズであることは第一部では明かされない。それはおそらく、彼女を静止した映像として記憶する彼の視点が時間の経過を容認しないためだと考えられる。「記憶は動きを嫌い、」「出来事を静止して保存しようとする」（一六四）。しかし、ローズを現在まで誤解していたことが物語の終わりに判明し、ミス・ヴァヴァサーをかつて家庭教師だったローズの記憶と重ね合わせて語るようになる。それは、記憶の三連祭壇画の一部として見ていた彼女を流動的な視点でとらえるようになることを含意する。

すでに触れた「わたしはそこにいる。すぐそこに」（九七）に端的に見られるように、モーデンの現在時制の用法は独自である。語りの視点は「そこ」の起点となる「ここ」にあることが示唆され、「そこにいる」は同時に二つの地点にいるという、いわゆる曖昧の効果を引き起こす。物語の全体に目を向けると、一方で、それはモーデンがバリレスにやって来て過去をふり返るという設定ではじまり、「わたしはステーション・ロードを歩いている」（九）とか、「階下でミス・ヴァヴァサーがピアノを弾いている。音がここまで届かないように鍵盤をやさしく叩いている」（二八）と彼が語るように、語りの視点は明らかにバリレスにある。他方で、彼は物語の最後にバリレスを離れることになり、ブランデン大佐から記念に贈られる万年筆でこれから新しい著作を書くことが示唆される。ボナールについて新しい知見をもっていないと自覚する彼がボナール論を執筆するとは考えにくい。生の意義を見つめ直すために、彼は新しい環境で過去をふり返るだろう。つまり『海』のテクストの創作にとりかかると予想され、語りの視点はバリレスの外部にあることが示唆される。それまでバリレスの内部でモーデンの語る映像を見てきた読者は、とつぜん視点の移動を強いられるのである。

以上の分析の理論的枠組みをサイファーの『ルネサンス様式の四段階』からとり出そう。サイファーは遠近法をとり上げ、消失点を中心とするその幾何学的秩序、いわゆる視覚のピラミッドに風景を構成する試みをルネサンスの世界観の端的なあらわれとして論じた。サイファーによると、「世界に対してなんの問題も感じず、調和のある安心感を得られるとき、芸術家は自然のなかに安心感の反映を見出し、自然の秩序に順応し、喜びと自信に満ちた態度で自然を表現する。[6]」他方で、戦災や自然災害などが大きな混乱を引き起こし、その収拾が困難である時代に芸術家の表現衝動は内面世界に向かう。T・S・エリオットが『荒地』で「せめて自分の土地だけでも秩序を保とうか[7]」と嘆いた通りである。サイファーは、「世界が敵対的なものとして、あるいは自分の力で管理できないものとして感じられるとき、芸術家は抽象的で、自然主義的再現と異なる形式を採用し、自己の激しい感情を表現する[8]」と言う。その様式をマニエリスムとして定義し、その顕著な特徴として遠近法の静的な秩序と対比して動く映像を指摘する。彼がマニエリスムの影像を論じながら提示する解説によると、それは「短縮遠近法と多面的構成と螺旋形で表現され、一つの視点では十分に鑑賞できない。この蛇状曲線の影像をとり囲む空間は流動的であり、一点では満足な印象を得られない。視点に応じて変化する外形の周囲を移動し、異なる角度から動的な均衡を保つこの不安定な影像の印象を集め、それを想像のなかで重ね合わせることで最初の印象を補うように意図されている。[9]」バンヴィルの文体との関連で重要な点は、この視点が時間の相をもつこと、一連の映像は意識のなかで統合されることである。

サイファーは『文学とテクノロジー』で近代の疎外を論じ、遠近法の確立とそれの因果関係を明らかにした。遠近法は、風景を額縁や窓枠で囲い込み、現実世界を客観的に観察できる風景に転換するが、観察者の視点を外部に置き、その疎外を決定づける。サイファーは言う──

観察者は単に外部に立つのでなく、固定された場所、与えられた位置に立たされる。ルネサンス・ヒューマニズムと言うけれども、与えられる視点の産物である点でヒューマニズムなどではまったくなく、観察者は傍観者になり、世界から隔離される[10]。

モーデンの回想がしばしば離別に言及することは注目に値する。クロエとマイルズは海で彼に背を向けて歩き去った。彼の父も家族を捨てて去った。娘は彼のことを気にかけているらしいが、彼は娘について「本当にわずかなことしか知らない」と認めるから疎遠である。美術史の研究を放棄した彼女を「いまでも許せない」（四六）と言う。妻の死後に疎外を直視するようになり、「わたしをこんな状態に残して去るなんて」（一四五）と亡き妻に対して激しく憤る箇所がある。冒頭で触れた世界の無関心に対する不満はこの疎外感に起因すると思われる。彼は疎外の夢を見るほどそれに強く支配されている。夢のなかでタイプライターをつかい、「遺書を書こうとするが、手もとの道具にＩの文字がない」（五二）。遺書を書くという行為は、死の場所を探し求めながら最後に自己を表現したいという衝動のあらわれである。Ｉの文字がないことは、彼が産出するテクストあるいはそれが表象する世界に存在の場を見出せないことをあらわす。じっさい、過去の回想において、「わたしはどこにいるのか。どこに潜んでいるのか。自分の姿が見えない」（八）と語る。

モーデンの現実認知の一部を成すボナールの絵画と彼の語りのあいだには、たしかに共通の構造がある。ボナールはマルトとともに南フランスの別荘に引きこもり、彼女の姿を描きつづけた。マルトを描いた連作は彼の愛の表現だが、そこに画家の「姿は見えない。」「逆光の裸婦」（一三七ページ）の、画家の姿を映さない画中の鏡が暗示するように、それは画家が立ち入ることのない世界、サイファーの言う疎外されたヴィジョンである。ボナールと共通する疎外の視点から、モーデンの回想のテクストをサイファーが論じる文化史の一部としてとらえることができる。

モーデンは一つの視点で語り、同時に、語る自分を別の視点で見る。それによってテクストあるいはそれが表象する世界に存在の場を見出す。この小説はこの方法の発見の物語である。複数の異なる視点で構成されるこのテクストはまた、読者が立つ位置も不安定なものにする。マニエリスムの再興をねらった実験的な実践である。

注――

（1）Wylie Sypher, *Four Stages of Renaissance Style: Transformations in Art and Literature 1400–1700* (1954; Peter Smith, 1978) p. 8. ワイリー・サイファー『ルネサンス様式の四段階

――一四〇〇年～一七〇〇年における文学・美術の変貌』河村錠一郎訳（河出書房新社、一九八七）一九～二〇ページ。

（2）Ibid. p. 12. 前掲書、二七ページ。

（3）Ibid. p. 100. 前掲書、一一五ページ。

（4）『海』の引用は、John Banville, *The Sea* (Vintage, 2005) から。

（5）Hugh Kenner, *The Stoic Comedians: Flaubert, Joyce, and Beckett* (California UP, 1974) p. 35. ヒュー・ケナー『ストイックなコメディアンたち――フローベール、ジョイス、ベケット』富山英俊訳（未来社、一九九八）六六ページ。

（6）Sypher, *Four Stages of Renaissance Style: Transformations in Art and Literature 1400-1700* p. 23. サイファー『ルネサンス様式の四段階――一四〇〇年～一七〇〇年における文学・美術の変貌』三三ページ。

（7）T. S. Eliot, *Collected Poems 1909-1962* (Faber, 1963) p. 79. T・S・エリオット『荒地』岩崎宗治訳（岩波書店、二〇一〇）一一五ページ。

（8）Sypher, *Four Stages of Renaissance Style: Transformations in Art and Literature 1400-1700* p. 23. サイファー『ルネサンス様式の四段階――一四〇〇年～一七〇〇年における文学・美術の変貌』三三ページ。

（9）Ibid. p. 157. 前掲書、一七七ページ。

（10）Wylie Sypher, *Literature and Technology: the Alien Vision*（1968; Vintage, 1971）pp. 86–87. ワイリー・サイファー『文学とテクノロジー――疎外されたヴィジョン』野島秀勝訳（白水社、二〇一二）一二七ページ。

8　影を模倣する芸術――『遠い過去の光』

本棚8　プラトン『国家』

文学と哲学の、どちらの価値がより大きいか。一つを学校で教えるとすると、どちらを選ぶべきであるか。これらの問に対する一つの答えが二〇〇〇年以上まえに書かれたプラトンの著作にある。プラトンの師であるソクラテスが『国家』で展開する議論によると、理想の国家は哲学者の英知にもとづいて建設され、維持される。哲学者は真理と善を求める者であり、それらを理解し、人びとに伝える責務を担う。他方で詩人はそのような責務に関与しないだけでなく、本質的に模倣する存在であり、その弊害のために真理の理解を阻み、有害でさえあるといえう。言うまでもなく、『国家』はヨーロッパの最も重要な古典の一つであり、その持続的影響力はひじょうに大きい。古典とともに哲学の教養をもつ作家たちの反論を誘発し、ロバート・イーグルストンが『真理と驚異』で論じるように(1)、それによって一つの知的伝統を形成した。バンヴィルをこの伝統に位置づけると、彼の謎めいた象徴の一部はたしかに明確な意味を示す。哲学小説家とよばれる彼の文学の理解にとって、『国家』もまた重要な著作である。

『国家』は大著であり、難解でもある。プラトンのほかの著作と同様に、ソクラテスが対話者に対して問いかける形式で構成されるが、紀元前の対話者の反応がわれわれの予想としばしば異なり、期待するように議論が展開しないという事情がある。そのため『国家』は通読されるよりも、部分的、断片的に読まれ論じられることが多く、要点を簡潔にあらわす有名な洞窟の寓話がよくとり上げられる。

洞窟の寓話は第七巻にある。あらためてその内容を確認しよう。洞窟のなかで囚人たちが鎖でつながれ、奥の壁を見ながら生きている。背後でかがり火が燃え、人形つかいが影を壁に映し出すが、囚人たちはふり返ることができず、その存在を知らない。彼らは影を現実として認知し、影の世界で生きつづける。あるとき一人が解放され、ふり返り、洞窟の外へ向かって歩き出す。出口は上方にあり、その移動は象徴的に魂の上昇をあらわす。脱出した彼は太陽を直視し、それがあらわす真理と善の世界を発見し、洞窟で見たものは影であると知る。もしこの人物が地下へ戻り、囚人たちに洞窟の生の虚妄を伝えれば、彼らによって罵倒され、殺されるかもしれないとソクラテスは言う。ソクラテスは若者の堕落を引き起こしたという理由で死刑を宣告され、非業の死を遂げたから、この寓話で自分の運命を予言したように見える。

洞窟の外部で真理と善を知る者は哲学者をあらわすが、それに対して『国家』の最後の巻、第一〇巻でソクラテスが論じる詩人や劇作家は洞窟の内部にとどまる。それだけでない。詩人や画家は影を模倣する。たとえば靴職人は靴について熟知するが、芸術家は靴について知る必要はなく、その見かけを表現する。彼らの知識は事物の本質、真理に及ばず、「彼らの表象の技術は真理から遠く離れたところにある。」(2) それは影、幻想を増大し、人びとを惑わし、誤った方向へ導く。「すぐれた国家統治は重要であるとすると、必然的に詩人を受け容れるべきでない。」なぜなら「詩人は精神の劣った部分をよび覚まし、増長し、強め、それによってその理知的な部分を損なうからである。」(3)

プラトンが伝えるソクラテスの思想は西洋の近代美学に多大な影響を及ぼしたが、翻訳の問題があり、英語で書かれた美学に対して日本語話者の視野を制限することを指摘しておこう。たとえば二〇世紀のはじめにイギリスの美術批評家のロジャー・フライとクライヴ・ベルが提唱したフォーマリズムは、伝統的な模倣の美学を拒否し、形式の表現を重視した。当時、現実の事物の稚拙な表現として批判されたセザンヌの絵画を擁護し、それは重要な形式、純粋な形式の表現を意図すると論じた。プラトンの著作で、たとえばイデアは事物の理想の形式であると説明され、イデアと形式はしばしば同義である。フライとベルはプラトンの形式の定義にもとづいてフォーマリズム美学を形成し、芸術は影を模倣するというソクラテスの批判に対してソクラテスの言語をつかって反論したが、他方で、英語でフォームすなわち形式と翻訳されるギリシャ語は日本語で形相や実相などと翻訳され、特殊な哲学用語のように見える。日本語と英語の訳語が一致しないために、『国家』やほかのプラトンの著作が西洋の近代美学に及ぼした影響が十分に理解されないことになる。同じことは、プラトンの思想の伝統で特殊な意味を伝えるリアリティすなわち現実の観念についても言える。洞窟の囚人たちは影の世界で生きており、現実は洞窟の外部にある。したがってそれは一般的意味の現実を超越した観念であり、フライとベルは、芸術を通してこの超越的現実に近づかなければならないと主張した。しかし、プラトンの著作の日本語訳で実在などとして伝えられてきたこの観念と、それにもとづいて形成された英語の美学も日本語話者の意識において結びつきにくい。こうした翻訳の問題を理解し、『国家』が形成した思考の構造を重ね合わせないと、この種の近代美学は日本語話者にとってひじょうに理解しにくい。

洞窟の内部に限って言えば、そのイメージが映画館を連想させることは興味深い。壁の映像を見つめる囚人たちは映画館の観客のようである。しかも彼らはただ見るだけでなく、それを現実として認知し、影の世界で生きつづけるから、表象（representation）を現実の置換（re-presentation）としてとらえる今日の表象理論の先駆である。囚人たちと同様に、われわれも象徴的な映画館の空間を出られないかもしれないと考えると、洞窟の寓話があらわす人間観は今日の表象理論を知るわれわれにとっても興味深い。

洞窟の隠喩から、連想をつかってさらに興味深いイメージをとり出すこともできる。洞窟の壁は影を反映する点で鏡の連想を伴う。芸術家はそれを見て模倣するから、文学であれ、絵画であれ、そのテクストは反映を反映する。しかも、壁の反映は現実の影にすぎず、芸術家は不十分な理解にもとづいてそれを模倣するわけだから、芸術の表現はそれぞれの鏡面で屈折を経た映像である。幾何学をつかってイデアを説明したソクラテスの思想に、複雑な反映を伴う鏡の世界が含まれることになる。

本章はこの逆説に注目し、『国家』の洞窟の隠喩をつかってバンヴィルの世界観の解説を試みる。ここでは『遠い過去の光』の物語世界をそれに重ね合わせ、物語の象徴的意味を読み解く。語り手のアレクサンダー・クリーヴは役者であり、映画に出演する。つまり、演技を通して影の生産にかかわるわけだが、映画だけでなく、彼の語る現実の生そのものが影の世界であるように提示される。

1

この鏡に部屋の映像が見えた。その中央に化粧台のようなものがあり、それにも鏡があった。むしろ合わせ鏡と言うべきだろうか。つまり、わたしの見たものは正確には浴室や寝室というよりもそれらの映像であり、グレイ夫人について言うと、彼女の映像というよりも彼女の映像

の映像だった。（二八〜二九）[4]

鏡は『遠い過去の光』で繰り返し言及されるだけでなく、暗示的にも語られ、喚起する象徴的意味を通して複雑に入り組んだ世界を構成する。たとえばアレクサンダー・クリーヴが出演する映画は鏡の世界をあらわすように見える。その原作と脚本の著者はJB、すなわちバンヴィルのイニシャルでよばれる人物であり、バンヴィルはクリーヴが演じるアクセル・ヴァンダーを『死者の衣』で描いたから、『遠い過去の光』のなかの映画の原作は『死者の衣』のテクストを強く連想させる。バンヴィルは『死者の衣』のヴァンダーを映画でクリーヴに演じさせ、その著者である自分をJBとして『遠い過去の光』の登場人物の一人として描いた。[5]これらの物語はそれぞれ独立したテクストであり、異なる語り手をもつ。クリーヴは『死者の衣』で彼の娘とヴァンダーの会話でしばしば話題になり、テクストに影を映すが、それに直接登場することはなく、遠く離れた彼らの視点で語られるだけである。他方で、彼の娘は『死者の衣』の登場人物だが、『遠い過去の光』の語りの時点までに自殺し、このテクストでは亡霊のような存在として語られ、まるで「娘のキャスは生きており、家のどこかにいる」（二一）ようだと言われる。クリーヴは娘についての記憶を語り、彼女が身近にいるようにその存在を描く。彼女は彼の語る記憶すなわちテクストに映る影のようである。これら二つのテクストは距離を隔てて対置され、合わせ鏡のように互いの世界を映し合う。

クリーヴは現実世界における娘の不在を覆い隠すように彼女について語りつづける。しかし、彼が娘について知る情報は乏しく、彼女が自殺したときイタリアにいたことをはじめて知らされるから、彼女の生前に疎遠な関係をもったと想像される。(6) 乏しい情報にもとづいて語られる彼女の記憶は、必然的に語り手である彼の解釈と想像を反映し、テクストの記述において屈折した映像を結ぶことになる。彼は、映画の共演者であるドーン・デヴォンポートに「娘の記憶を強く喚起する雰囲気がある」（九六）と語り、「亡くなった娘を……どうして思い出さずにいられるだろう」（九七）とも言う。彼がこの共演者に娘の記憶を重ね合わせることは明らかであり、それは同時に、娘についての回想の記述に共演者の映像を投影することを示唆する。テクストの前景にあらわれる彼の娘の映像は複数の映像の融合であり、読者はテクストの歪んだ鏡面に彼の幻想の世界を見出す。

ほかの主要な登場人物たちも多かれ少なかれテクストの鏡面に映し出される影のように見える。ヴァンダーはとりわけ複雑な屈折を経て提示される。「アントワープで生まれた本物のヴァンダーはあの戦争がはじまったころに謎の死を遂げ、」次に別の人物があらわれ、ヴァンダーと称し、「巧妙に入れ替わり、……新聞記者および批評家として成功を収めた」（八二）。つまり、クリーヴはヴァンダーの死後に彼を演じた人物を演じる。この三人の複雑な関係についてクリーヴは次のように語る――

最初に、第一の本物のアクセル・ヴァンダーの影がぼんやりとあらわれ、静かによろめき、倒れる。次に、その直後に簒奪者が彼の居場所を占め、未来へ向かって歩き出し、そのままわたしに追いついたという印象である。そして、こんどはわたしが彼の存在に入り込み、一連の入れ替わりと虚構の連続する展開を成すように感じる。（八二）

この複雑な関係において虚像が重層的に重なり合い、テクストの前景にあらわれ、ヴァンダーの不在を覆い隠す。(7)

二〇一四年の対談でバンヴィルは、心理学が想定するような確立された自我の存在を認めないと述べ、「われわれは……さまざまな自我を創出し、とり換えながら生きているにすぎない」(8)と語る。人はたえまなく変化する生の環境で一連の新しい自我を創出し、それを演じつづける。「生きることとは……演じることである」（二三六）とクリーヴは言うが、この発言はバンヴィル自身の人間観をあらわすように見える。クリーヴは彼の演技について語り、「演じる人物の内側へ落下する感覚、頭から倒れ込み、文字通り下へ落ちる感覚があり、演じていない別の自分が消失するように感じる」（一五〇）とも言う。現実と虚構を明確に区別できない世界で、彼は虚構に参加するだけでなく、それを生きる。この語り手もまた鏡の世界の住人である。

共演するデヴォンポートはクリーヴとともに映画の制作において虚構の創出にかかわる。彼女は撮影の途中で自殺を図り、映画の制作は中断する。病院に運ばれ、助かるが、そのとき見舞いに訪れるクリーヴは彼女の本名がステラ・ステビングズであると知る。映画の世界のドーン・デヴォンポートは彼女が演技を通して提示する映像、影である。自殺未遂のあとに「わたしをあなたの娘だと想像して」（二一三）とクリーヴに言う。彼の視点で見ると、彼女も複数の鏡面の反映を経てあらわれ、テクストの前景で複合的映像を成す。

冒頭に引用した記述が示唆するように、もう一人の主要な登場人物であるグレイ夫人も鏡に映った映像をクリーヴの記憶に残した。彼は一五歳のとき、友人の母だったグレイ夫人と激しく恋し合い、情事に耽ったが、はじめから「そこに彼女がいたわけでなく、鏡像だけがあった」（三〇）と回想し、「記憶の鏡」（三二）に映る影を恋したと語る。彼は数か月のあいだ彼女と情事を繰り返したが、最後に彼女の娘に目撃され、一家は醜聞を避けるために別の町へ移住した。以後、彼女と会うことはなく、彼女がその年の末に病死したことを知らないまま四〇年以上のあいだその記憶とともに生きつづけた。物語の冒頭で、「ひょっとしたらまだ生きているかもしれない」（三）と彼は言う。現在までのあいだグレイ夫人は不在であり、彼は彼女が残した記憶の影を求めながら、おそらく妻やほかの女性たちにそれを重ね合わせて生きてきたと想像される。最後に彼女の病死を知り、「すべてを誤解していたわけだ」（二四〇）と悟る。結局、テクストはその認知の瞬間まで彼の幻想を反映する鏡である。

『アテーナ』の考察で見た二重の視点、舞台で役を演じ、同時にそれを観客として見るという視点を、バンヴィルはクリーヴとグレイ夫人の関係で繰り返すように見える。クリーヴが鏡のなかのグレイ夫人を見たとき、その映像を絵画のように認知したかもしれない。これまでに論じたように、バンヴィルの小説で窓や鏡はしばしばその枠によってその内部にあらわれる映像を切りとる。観察者は枠を隔てて映像を見るわけだが、それがもたらす疎外の感覚をクリーヴは次のように語る。「それでもなにか奇妙な……隔離の感覚が残る。そこにいるが同時にそこにいないという感覚。すべてが鏡の奥で起きているにもかかわらず、自分だけが外部にとり残され、そこから鏡の内部を見つめ、直接的に関与しないように感じる」(三七)。しかし、同時に、彼はグレイ夫人に触れ、彼女を愛した。この二重の視点を彼は役者として維持しつづけたと思われる。

ここまでクリーヴが映画館のような象徴的空間を生きることを論じたが、バンヴィルはカメラ・オブスクラのイメージをもち込むことでこの解釈に明確な根拠を与えるように見える。クリーヴは妻の夢遊病に触れ、彼女が眠りながら家のなかを徘徊し、他界した娘を見つけようとしたことを語る。これは、彼女も幻想を生産し、そのなかで生きることを示唆する。その翌朝、彼らの寝室の天井に夜明けの外界の映像があらわれる。「カーテンのピンホールほどの隙間から細い光線が射し込み、部屋がカメラ・オブスクラのようになった。夜が明け、新しい外界の映像が頭上にあらわれた」(二二)。これは明らかに映画館のイメージであり、彼らの生がこの象徴的な表象の空間で営まれることを暗示するように見える。われわれは幻想で生の空間を組み立て、そのなかで役者のように虚構に参加したり、またそれを傍観したりしながら生きる。ソクラテスの洞窟の囚人たちのように、この空間を出ることはない。バンヴィルの人間観をこのようにまとめることができる。

2

いまこの眼はテーブルの映像の光をとらえているが、それが眼に届くまでには時間がかかる。どれほどわずかであろうと、極小であろうと、時間はかかる。つまり、どこを見ようとわれわれはあらゆる場所で過去を見る。（一七二）

バンヴィルの小説では登場人物が著者の思想を代弁することがよくある。この引用は表題の「遠い過去の光」の意味を部分的に示す箇所であり、クリーヴが酒場で出会う一人の男によって語られる。男はクリーヴに声をかけ、「銀河から百万マイル、一〇億マイル、一兆マイルもの旅を経て届く遠い過去の光について」（一七二）語りはじめる。星が放つ光は過去のものである。われわれがそれを地上でとらえるとき、星はもう消滅したかもしれないが、われわれはそれがいま存在していると受けとめる。同じことはあらゆる対象についてあてはまり、われわれはつねに「過去を見る」

という。バンヴィルにとって、現在の生は過去のなかにあり、現在と過去を切り離すことはできない。『海』にも、「過去に生きている、その通りだ」(9)という一文がある。

遠い過去の光がグレイ夫人をあらわす隠喩であることは明らかである。六〇歳を超えた語り手のクリーヴは、彼女が生きていることを願い、会いたいと思うが、物語の結末で、修道女になった彼女の娘からずっとまえに亡くなったと告げられる。彼女が遠い過去に放った光を四〇年以上も経ったいま回想し、それを語ることでテクストに彼女の存在を可視化する。テクストはその光を映し出す媒体である。

英語の表題の“Ancient Light”は多義的であり、遠い過去の光だけでなく、慣用句として採光の意味もあらわす。二人の密会の場所だった空き家で、グレイ夫人はクリーヴと並んで横たわりながら窓を見上げ、おそらく採光のためにそれが奇妙な位置に設置されたと説明する(五九)。この句は複雑な連想の集合体を合成する。まず、先述のカメラ・オブスクラのようになった寝室の描写と構図が重なることに気づく。この類似において、採光はクリーヴと妻の寝室に射し込んだ光の連想を引き起こし、連鎖的に映画館のイメージを喚起する。また、それはその多義性において同時に過去の光でもあり、グレイ夫人の残像を示唆し、複雑な観念連鎖を形成する。そうしてそれは彼の記憶のなかのグレイ夫人の残像と映画の虚構の空間を接合し、それによって彼の生きる世界を表現するように見える。

3

電話の相手、とリディアが言った。女性だったけれど、名まえは聞きとれなかった。まちがいなくアメリカ人。次のことばを待ったが、リディアはもう上の空の様子で、わたしの背後に机を挟んで傾斜した窓から見える遠い山並みを見ていた。それは淡い青色で平らに見え、まるで空の上に薄いラヴェンダー色で描かれたような風景だった。体を伸ばす気さえあれば、この町ではたいていどんな場所でも処女の印象を与える落ち着いた山並みを望むことができ、それがこの町の魅力だった。それで、とわたしはやさしい口調で尋ねた。電話の女性はなにを話した？（一七）

この引用は、クリーヴが映画の出演について最初に伝えられる場面の描写である。妻のリディアが電話を受け、階段を上がって彼の書斎にやって来る。そして、映画の出演の依頼だったと彼に告げる。

バンヴィルの文体のいくつかの顕著な特徴がこの引用に認められる。まず、登場人物の対話を表現するとき、彼は引用符をほとんど用いない。これは妻とクリーヴの対話の場面だが、「電話の相手」ではじまる彼女のことばはそれにつづく風景の描写と形式的に連続し、明確に区別されない。用件を尋ねる「わたし」のことばも同様である。引用符を欠く話しことばが対話として形式的に独立せず、前後につづく文章と連続する。この独自の文体には先述の独特の時間のとらえ方が関連すると思われる。通常、登場人物の発話は、それが語られる瞬間に他者によって聞かれることを想定する。「電話の相手」とリディアが語った瞬間にクリーヴはそれを理解し、次の瞬間にことばを発するはずである。そうして新しい発話とともに現在の時点は先へ移動し、古い発話は過去へ送られるはずだが、光が眼に届くまでに時間がかかると考えるバンヴィルの世界では、ことばも同様に聞き手がそれを理解したときすでに過去のものである。発話それ自体の瞬間よりも、それを記憶としてとらえる語り手の思考の動きが優先され、発話はその記述にとり込まれる。

さらに、「次のことばを待った」という記述が会話の間を示唆したあとに、書斎の窓から見える山並みの描写と「この町の魅力」に触れる記述がつづき、それから「わたし」が会話を継ぐ。第七章で詳しく論じたように、バンヴィルの小説ではしばしば異なる話題が唐突に挿入され、記述が断続的に進行することがある。ここでは、語り手の関心が妻のもち込む用件を一時的に離れ、書斎から見える風景の記述に移るように見える。彼はあたかも自分自身に用件を思い出させるように、妻に「やさしい口調で尋ねた。」ここでわれわれは、『海』の語り手が記憶は映像として保存されると語ったことを思い出す。「記憶は動きを好まない。静止した状態を維持しようとする」[10]とマクス・

モーデンは言う。バンヴィルの小説では、記憶を映像に転換する衝動が強く、クリーヴと妻の会話は風景を描写する記述の一部としてとり込まれ、そのなかで記述の連続的な動きを抑止するように断片的に置かれるように見える。それぞれの映像は静止の状態をめざすが、物語の進行とともに読者の意識のなかで連想を通して共振し、相互に影響し合う。その結果、複雑な合わせ鏡の世界が形成される。

ここでわれわれはジャック・デリダのエクリチュール論を思い出す。じっさい、これまで見てきたバンヴィルのテクストの概念はデリダのエクリチュール論と近似し、バンヴィルは、『遠い過去の光』の物語と脱構築の理論の関連を示唆するように、「ヴァンダーの研究対象は特殊な用語をつかう難解な専門領域だったようだ。脱構築という語が頻出するが、娘のキャスは詳しかっただろう」（五四）とクリーヴに語らせる。

よく知られる論文「プラトンのパルマケイアー」でデリダは『国家』でイデアが語られること、それによってエクリチュールに変換されることに注目し、その議論の矛盾を指摘する。彼はソクラテスの次の発言を引用する――

……善それ自体の本質を問うことはしばらくのあいだ避けることにしよう。なぜなら、それについていまわたしが理解する地点に到達するには、今日のわたしの力は十分でないように思えるからだ。その代わり、もし諸君が望むなら、善の子にあたると思われ、善に最もよく類似するように見えるものを語ることにしたい。そうでなければこの話題を離れることにしよう。[11]

デリダの解釈によると、ソクラテスの言う善は超越的観念だが、それについて「簡単に、あるいは直接的に語ることはできない。」善は太陽であり、「光を与えると同時に目を眩ませる」[12]から、それを言語で表象しなければならない。しかし、表象（representation）は置換（re-presentation）でもあり、善それ自体と異なる。われわれはエクリチュールを通して善と異なるもの、「善に最もよく類似するように見えるもの」を語る。同時にまた、イデアは言語で表象される瞬間に時間のなかで生起する現象になる。なぜなら言語の意味作用は記憶を伴うからである。一つの語が意味を伝えるためには、そのまえに語られた一連の語が記憶され、意識のなかでつなぎ合わされ、全体のコンテクストが形成されなければならない。語はその集合である文の一部であり、文はその集合であるもっと大きなまとまりを成す。あらゆる事象は語られることでテクストすなわちエクリチュールに変換され、時間の流れにとり込まれる。結局、ソクラテスは超越的観念を唱えても、その議論は時間を超越できない。

バンヴィルはこの表象と置換の議論を知っているようである。過去の光はそれ自体では認知できない。現在の時点で言語によって表象され、テクストの一部としてそれにとり込まれることで認知できるようになる。そのとき過去の記憶は新しい情報と経験を加えて編集され、刷新される。それは置換された経験であり、現実の事実でないが、バンヴィルにとって生はつねにテクストの内部にあり、第七章で彼の動く視点を論じたように、語り手の視点は時間の流れのなかをたえず前進しつづける。われわれは生を語るためのテクストを生産し、その内部で生を営む。

物語の終わりに、クリーヴの誤解や記憶のまちがいが明らかになり、それまで彼が語りつづけたグレイ夫人の記憶、テクストはほとんど虚構であることが明らかになるが、これは最後に真実を発見するという物語ではおそらくない。彼の生がつづく限り、グレイ夫人を語る視点は時間の流れのなかで移動しつづけると想像される。グレイ夫人の記憶について彼はまた新しい映像を生産するだろう。それもまた虚構であり、『遠い過去の光』のテクストと合わせ鏡のようにその映像を反映し合うだろう。クリーヴはそのような鏡の世界で生を終えると想像される。

注――

（1）Robert Eaglestone, *Truth and Wonder: A Literary Introduction to Plato and Aristotle* (Routledge, 2022) pp. 59-74.

（2）Plato, *The Republic* trans. Desmond Lee (Penguin, 2007) pp. 339-40. プラトン『国家（下）』藤沢令夫訳（岩波書店、一九七九）三一一ページ。

（3）Ibid. p. 348. 前掲書、三三一ページ。

（4）『遠い過去の光』の引用は、John Banville, *Ancient Light*（2012; Penguin, 2013）から。

（5）ヴァンダーの著作で「難解で、暗号のような専門語」がつかわれると記述されるが、これはバンヴィルが彼の小説についてしばしば書評で指摘される特徴を反映するとニール・マーフィーが指摘する。Neil Murphy, *John Banville*（Bucknell UP, 2018）p. 132.

（6）クリーヴと彼の娘の関係は『日食』でもっと詳しく語られ、「娘について自分がどれほど無知だったか、ようやく十分に自覚しはじめた」という記述がある。John Banvillle, *Eclipse: A Novel*（Vintage, 2000）p. 199.

（7）ヘートヴィヒ・シュウォールによると、ヴァンダーという名まえはオランダ語で "of the" をあらわし、「したがって起源をもたない」人物であることを示唆する。Hedwig Schwall, "'Mirror on Mirror Mirrored in All the Show': Aspects of the Uncanny in Banville's Work with a Focus on *Eclipse*" *Irish University Review* 36（2006）: p. 116.

（8）Earl G. Ingersoll and John Cusatis eds., *Conversations with John Banville*（Mississippi UP, 2020）p. 150.

（9）John Banville, *The Sea*（Vintage, 2005）p. 51.

（10）Ibid. p. 164.

(11) Jacques Derrida, *Dissemination* trans. by Barbara Johnson (Athlone, 1981) p. 81. ジャック・デリダ『散種』藤本一勇ほか訳（法政大学出版局、二〇一三）一二三ページ。

(12) Ibid. p. 82. 前掲書、一二五ページ。

本棚[9] スタイナー『ハイデガー』

初版はフォンタナ出版社の現代思想家叢書の一冊として一九七八年に出版された。以後、ハイデガーの難解な思想を平明に語り直した解説書として版を重ね、ハイデガー研究の基本文献として定着した。ハイデガーと言えば、ある時期にナチズムに傾斜した思想家であり、彼のナチズム関与はそれに追われてアメリカへ亡命したユダヤ人のスタイナーにとって避けられない問題だが、そのために価値判断を変えることはなかった。批評の道徳的責務を重んじたスタイナーは、いまハイデガーの遺産が大きな意義をもつと判断し、それを力強く説くことを選んだ。

スタイナーは同時代の精神危機をコンテクストとしてハイデガーの思想を論じた。一九九一年の新版に追加した序論で、エルンスト・ブロッホ『ユートピアの精神』(一九一八)、オズワルト・シュペングラー『西洋の没落』(一九一八〜一九二二)、カール・バルト『ローマ人への手紙』注解(一九一九)、フランツ・ローゼンツヴァイク『救済の星』(一九二一)に並ぶ大著として『存在と時間』(一九二七)を位置づけ、これらの共通の特徴として、混沌の同時代世界のなかで言語で秩序を構築しようとすることを指摘する。「これらの著者たちの執拗な冗長さから、まるでドイツの文化と帝国の覇権が築いた巨大な建造物の崩壊のあとに、巨大な言語建造物を築こうという意図を感じる。(1)」スタイナーは言語と文化の刷新をめざした同時代の大きな運動の一部としてハイデガーの思想をとらえる。

一般にハイデガーの解説書とみなされるが、『言語と沈黙』や『バベルのあとに』のようなスタイナーの主著の重要な批評用語、比喩、概念を共有し、スタイナーの思想体系を成す一冊としてとらえることもできる。たとえば前述の建築の比喩は『言語と沈黙』からとる次の引用にも見られ、並置すると興味深い連続に気づく。

> プラトン、アリストテレス、ドゥンス・スコートゥス、アクィナス、これらはみな巨匠とよぶにふさわしいことばの建築家であり、実在の周囲に叙述と定義と弁別の壮大な建築を築いた人たちである。(2)

人は言語で建造物を組み立て、生を営むための空間をつくり、その内部で生きる。この考えはこれまでに見てきたバンヴィルの文学観と通底する、演劇を比喩として生を表現するバンヴィルが、スタイナーを高く評価することは不思議でない。

スタイナーがハイデガーの解説で用いる批評用語にイディオレクトがあり、それをつかって彼は次のように論じる――

後期のハイデガーにおいて……その独自の語法はさらに究極的な高みに達する。語はその最初の根源的意味でつかわれたり、ハイデガーの固有の含意を伝えたり、特殊な比喩として機能したりする。……ハイデガー哲学の言語は、言語学者が「イディオレクト」とよぶもの、個人が慣用的に独自の用法でつかう言語である。(3)

大文字のKはヨーロッパ人の意識でカフカの連想を喚起する。スタイナーがそう述べたことは有名だが、ことばは――アルファベットの一文字であっても――単純な記号でない。意識のなかで記憶とかかわる複雑な連想を引き起こすからである。『バベルのあとに』でスタイナーは、個人は固有の経験と記憶をもち、独自の言語――イディオレクト――を話すから、コミュニケーションは本質的に翻訳を通して成り立つと喝破した。よく知られるように、ハイデガーは世界内存在とか現存在とか開示性といった独特の用語をつかうが、自然や技術や道具などの一般的な語の意味をギリシャ語に遡って独自に定義し、その用法を刷新した。「ハイデガーの思考や語法を熟知する人間であれば、彼の著作を辞典で定義されるようなことばで的確に翻訳できるなどとだれも考えない。(4)」ハイデガーのような、イディオレクトを意識的につかう著者の思想を論じるとき、一つの有効な方法はイディオレクトの意味の解説であり、スタイナーはそれを試みる。

スタイナーは、ハイデガーの最大の主題である存在の認知を本質的に言語の問題としてとらえる。世界に事物が存在すること、それは驚異の事実だとハイデガーは説くが、われわれはもはやその神秘に「驚くことはない。現代において、その傾向は言語の影響でますます強まっている。」存在の認知へ向かうためには言語を改革しなければならない。同時代の言語の疲弊について、スタイナーはつづけて次のように言う――

今日「存在」という語は空疎であり、かつてのように存在を喚起したり提示したりする力をもたないが、それは言語全般が疲弊していることの反映である。それはまた、本来であれば発話の中心であり基盤であるはずのわれわれと存在の関係が、瑣末な文法的機能に卑小化され、忘れられていることの反映でもある。(5)

スタイナーの読者はこの解説にも既視感を覚える。近代における言語の疲弊と劣化を論じた『言語と沈黙』で、スタイナーは言語の再生を意図した実験的な作家たちを挙げ、それぞれの言語改革の試みを点描した。彼はハイデガーを言語改革者の一人としてとらえ、その試みを同時代の言語実践の一部として論じるように見える。

われわれは、バンヴィルの小説で窓や鏡があらわれ、それらの枠が視点と映像を分け隔てることを見てきたが、スタイナーはハイデガーの思想をまさにこの問題、主体と客体の分離に対する批判的考察としてとらえる。われわれは視覚の対象に対して距離を置き、枠を隔てることで客観的な視点を確保しようとするが、そのような視点は幻想である。じっさいにはわれわれの視点は世界の内部にある。なぜならわれわれはつねに世界の内部にある存在、世界内存在であるから。人は世界内存在であり、特定の環境のなかで生き、周囲の事物と関係をもつが、しばしばその事実を忘れ、客体に対して距離を置き、それによって関係を断ち切ろうとする。これまでに見てきたバンヴィルの語り手たちの言動がそれを象徴的にあらわすことは明らかだろう。彼らは窓や鏡を通して見ることに執着し、日常の生の環境を離れ、その外部でさまよいつづける。スタイナーは言う、「日々の日常性を抽象し、日常性の上に超え出ようとする哲学は空疎である」と。「それはわれわれに存在の意味について、現存在がどこにあり、なにであるかについてなにも教えてくれない。」しかし、じっさいには「われわれは世界に『投げ出され』ているのだ、とハイデガーは宣言する。」(6)

世界に投げ出されている事実とその認知をどのようにとり戻すか。『青いギター』の語り手

――はまさにその答えを見つけようと試みる。

1

なぜこれほどたくさんの生きものが存在するのかと不安な気もちに駆られた。なぜ草はどんな場所にも存在し、あらゆるものを覆っているのか。なぜこれほどたくさんの葉が存在するのか。地下では生きものが――なにかを気にかけることもなく――活動し、虫が土をかきわけ、無数のミミズが体をくねらせ、細い地下茎が水と温度を求めて根を下ろそうと闘いを繰り広げている。それらの夥しい数の存在にわたしは圧倒された……。(三〇)[7]

これはバンヴィルの二〇一五年の『青いギター』からとった引用であり、語り手のオリヴァー・オームが森の散歩について記述する箇所の一部である。無数の生きものの存在に圧倒され、不安を感じると言う。森は彼にとって非日常の世界であるかもしれない。彼はそこで日常を離れ、世界を見つめ直すように見える。しかし、ハイデガーが論じるように、われわれはもはや事物の存在の神秘に驚かないし、関心をもたないとすれば、それをめぐるオリヴァーの思索は特異なものであり、ハイデガーの存在論によって触発されたかもしれない。彼はハイデガーの読者だろうか。テクストはこれにかんする明示的な情報を示さないが、たとえば「ああ、世界！　ああ、世界する世界！その大部分はすでにわたしから失われた」（一七九）という記述の見慣れない動詞の用法――「世界する」“wording”――に見られるように、彼の言語はハイデガーのイディオレクトの影響を受けたように思われる。

オリヴァーは画家として成功し、富と名声を得たが、もう絵画を制作することはないと言う。かつて、「ものはそれ自体で存在しない。その印象だけがある」と信じ、「それこそわたしが表現しようとしたことであり、宣言であり……美学であった」とふり返る。しかし、最近この美学を否認するようになった。この変化は「世界」についての認知とかかわるようである。「もの自体から成る客体としての日常世界」があると考えるようになり、「世界」に対する「抑えがたい……関心」が高まり、「結局、直視しなければならない対象は世界であり、その全体である」と気づいた。「ところが、世界はそれ自体との対話だけで完結し、われわれに背を向けて存在する。われわれがそのなかへ立ち入ることを容認しない」（五七～五八）。客体としての世界とそれを認知する主体の分離、物語の重要な主題の一つはこれであり、「外に存在する世界と意識の内部で形成される世界のあいだに、橋を架けることも跳び越えることもできないほど大きな溝がある」（五九）。この変化にもハイデガーの思想が影響を及ぼしたかもしれない。世界のなかへ立ち入ること、それはハイデガーの言う世界内存在としての生をとらえ直すことであるから。ともあれ、オリヴァーは印象主義的な美学を信奉し、世界を印象に還元し、それによって表象に置き換えるという創作を実践しつづけた結果、疎外と孤立に直面し、苦しむようになった。「世界」を失ったという感覚を抑えられなくなり、絵画の制作をやめ、過去をふり返り、生を見つめ直す。その内省と回想の記録がこの小説のテクストを成す。

ハイデガーが好んでつかう発掘の比喩も『青いギター』にあらわれる。「わたしは自分の過去を掘る考古学者のようだ。片岩層と光沢質の頁岩層の重なる地層を下へ、さらに下へ掘りつづけるが、めざす岩盤に達しない」（一三）とオリヴァーは言う。下降はバンヴィルの記憶の文学の基本的な運動であり、語り手たちはしばしば記憶のなかの過去の世界を下降する。「物理学と小説──混沌からつくる秩序」という文学論でバンヴィルは、現代において芸術は現実世界の再現を期待されないと語り、むしろ「内面の暗闇へ下りて行かなければならない(8)」と主張する。発掘の比喩は、下降の動きだけでなく、発見へ至る可能性も示唆する。ハイデガーは、同時代の疲弊した言語を再生するためにいくつかの重要な語について語源をギリシャ語に遡って確認し、その意味と用法を刷新し、特殊なイディオレクトを構築するが、スタイナーはその方法にキリスト教の再生神話を重ね、次のように説明する。ハイデガーの著作で、

地下に長く埋もれ、腐食にさらされてきた音節や語や句の豊かな原義が発掘される。こうして

意味を覆い隠してしまったことが過去に西洋思想の運命を変え、損なってきたことも示され、これらの意味の再発見とその生き生きした輝きの確実な回復が、思考と道徳の可能性にふたたび道を開くことも論証される(9)。

堕落から再生へ、下降から上昇へ、スタイナーがハイデガーの言語実践に見出す物語の構造は、以下で論じるように、発掘の比喩を共有する『青いギター』にも認められる。

2

ポリーが洗面所を出るとき、ドアを閉めるまえにそれがわたしの視線を遮り、彼女の姿を隠したが、彼女は正面の鏡に顔を向け――鏡があればみな自分を見るものだろう――わたしと視線を合わせた。鏡に映る視線である。（八一～八二）

オリヴァーは彼の美学について比較的詳しく語るが、制作した作品についてほとんど語らない。制作をやめたいま、語ることを避けるほど深く自分の作品に幻滅しているのか。その記述は抽象的であり、「自然を描くことが最良であり、最大の幸福だった」（三〇）とか、ほかの人物が「事物の深い内部を見通す力をもつ」（四六）と表現する箇所があるものの、読者の意識で明確な映像を喚起しない。彼の語りが強調するのはむしろ画家であること、「画家の想像力をもつ」（一一六）ことの意味である。

まず、オリヴァーの言う画家の想像力について見よう。彼は現実の事物を記述するとき、しばしば著名な絵画に言及する。たとえば「カスパー・ダヴィド・フリードリッヒのような空」（二八）とか、「サンドラ・ボッティチェリの……『春』の……襲われるフローラのような表情」（三二）とか、「ドーミエの鉛筆画や、もっと言えばクールベの油彩画を思わせる風俗画のようだ」（三八）とか、「プッサンを想起させるような空」（六〇）とか、「デューラーの『メランコリア』の……天使のようだ」（一一四）といった記述があらわれるが、これらは彼の画家の想像力によって現実世界が一連の映像としてあらわれることを示唆する。表題の「青いギター」はピカソの絵画への間接的言及である。じっさい、「わたしはあらゆるものを映像に変換し、それに枠を与える」（一一六）と彼は語る。こうして彼の意識のなかで現実世界は既存の映像と置き換えられたり、融合したりして独自の表象世界を形成する。先述の、現実世界とそれを認知する意識の世界のあいだに溝があるという発言は、明らかにこの認識と関連する。

次に、絵画の制作についてオリヴァーがつかう窃盗の比喩を見よう。オリヴァーは子どものころに玩具店で絵の具のチューブをこっそりポケットに入れ、窃盗の快楽を覚え、窃盗癖をもつようになった。テクストで読者に告白するよりももっと多く窃盗を重ねてきたと思われ、物語の後半で友人の妻であるポリーの実家でリルケの詩集を盗むが、ポリーによって指摘されるまで彼はそれを語らない。芸術の創作と窃盗は似ていると述べ、その理由について、「芸術は素材のすべてを作品にとり込み、消化する。……同様に、それ自体が芸術である窃盗行為も盗品の性質を変える」（一六）と語る。なぜなら「かつて他者が所有していたものと、いまわたしが所有しているものは厳密には同じでない」（一七）からだという。この独自の考えも、ハイデガーの著作に影響されたものであるかもしれない。『芸術作品の根源』でハイデガーは、芸術作品の売買に伴う移動はその価値を損なうと批判し、次のように論じる。

美術館に作品を移す行為は、その固有の世界からそれを奪い去ることを意味する。……作品をとり出し、その世界を破壊すれば、元の状態はけっして戻らない。かつてそうであったものでなくなるからである。(10)

オリヴァーはポリーとの情事も窃盗としてとらえる。「他者のものを盗むこと、絵画を制作すること、ポリーと交わること、これらは究極的に同一である」（五八）。

オリヴァーがかつて絵画を制作したアトリエで情事を行なうことの象徴的意味を考えないわけに

いかない。テクストの細部に象徴的意味を付与し、それらを通して複雑な言語世界を構成するバンヴィルの方法は、アトリエの下で父が営んだ印刷工務店の記述にも及ぶと見られる。印刷工務店も映像を生産するから、表象の世界を暗示する。オリヴァーが描いた母のデスマスクを父がそこに保管したことも、それが象徴的に表象の世界をあらわすことを示唆する。オリヴァーはその二階のアトリエでかつて画家として映像を生産し、いまポリーと情事を重ね、意識のなかで彼女を映像に変換するように見える。「彼女はいつも神話の人物のようであり、わたしが望む通り、腕枕で休息するわたしのかわいいヴィーナスだったから、あらゆる点でわたしの理解できる範囲に存在した」（一七八）。「ポリーが貝殻の上のヴィーナスのように体を両手で覆い、後退したことがなんどかあったと記憶する。『そんなふうに見ないで』と彼女は言った」（一七二）とも言う。本節のはじめに引用したアトリエの描写は、彼がそこで認知するポリーが象徴的に鏡像であることを示唆する。要するに、これまでに見てきたバンヴィルのほかの語り手たちと同じように、彼もまた鏡の世界の住人である。過去の生をふり返り、『国家』の洞窟のイメージを連想させる比喩表現をつかって次のように語る。

過去のわたしは巨大な鏡のまえに立っているようだったと言えるかもしれない。その状態で前後を行き交う人びとの様子を観察していた。ついにだれかに肩を強くつかまれ、ふり向かされ、目前の世界を見るように言われた。鏡の反映でない世界、人とものの世界がそこにあったが、わたしの姿は見えなかった。わたしはまるで死者のような存在だった。（一八四）

世界を表象に変換し、所有する。その美学を信じ、実践してきた彼はついにそれが幻想であることを知る。じっさいには世界は彼の幻想を超えた次元で存在しており、「ある日、わたしは目覚め、世界を失っていた」（三八）。

3

わたしは家庭に帰りたいと言った。言った瞬間に、はじめてその事実を知った。……家庭とは。なんということだ。（一九三）

物語の後半の中心は、表象の世界で孤立するオリヴァーが過去の芸術を離れて家庭を探求する動きである。彼の言う家庭は、ハイデガーのイディオレクトの影響を受けたと思われる特殊な含意をもつ。ハイデガーにとって、世界内存在としての人は世界のなかに投げ込まれており、特定の環境で、そこにある事物との関係のなかで存在する。家庭はこの関係が存在する場所である。古代ギリシャにおいて、存在は「家にいる状態、家で安らいでいる状態、主体的に自力で立っている状態、自我が包み込まれている状態、完全に現前している、あるいはそこにある状態」を含意する一連の意味またはその集合体[11]」として理解されたという。「あらゆるものを映像に変換し、それに枠を与える」と語るオリヴァーの問題は疎外、自我を包み込む場所をもたないことである。画家としての生に幻滅した彼はこの状態に憧れ、存在の場所としての家庭を探求する。

オリヴァーが結婚を通して築いた家庭は、いま彼が求める生の環境でない。三歳で病死した「娘とともに、わたしたちの一部も死んだ。……あらゆることに空虚を感じた」(九四)。彼と妻の関係は娘の死後に実質的に破綻したと思われる。彼は空隙を埋めようとするように友人の妻のポリーと関係をもつが、すでに見たように、意識のなかで彼女を映像に還元し、すなわち枠を隔てて彼女を認知し、それによって自らを認知の対象から疎外する。

邸宅とアトリエの両方に避難所を見つけられないオリヴァーは、引き寄せられるように姉を訪ねる。姉から、かつて両親と過ごした時期の記憶について聞かされ、不思議な感情を経験する。帰り際に独りになるが、「なぜこの家をすぐ立ち去らなかったのだろう。なぜすぐにもあの正面玄関をすり抜け、午後の自由の世界へ立ち去らなかったのだろう。立ち去ってもオリヴは気にもかけなかっただろうし、気づくこともなかったかもしれない。」次の瞬間、「驚いたことにまぶたから涙があふれそうになった」(二一九)。

この訪問でとくに大きな出来事はなく、涙があらわすオリヴァーの心理の変化は内的要因によって引き起こされると思われる。記述の細部を見よう。姉は少しのあいだ彼と話したあと、彼を庭の工房に案内し、父から譲り受けた木工道具を見せる。姉によると、かつて母は家庭を顧みず、しばしば愛人と過ごし、父は気を紛らせるために木工制作に時間を費やしたという。姉は、「あなたがつかうキャンバスの木枠をつくってあげたのよ。それも忘れたでしょう」(二一六)と言う。「あなたのために寸法を測ったり、壁紙の糊や大きな刷毛をつかったり、そんなこともしたわ。すべて記憶にないの？　わたしがしたことをすっかり忘れたの？」(二一六)。これは絵画の制作の場所についての言及であり、それにかんするオリヴァーの記憶を惹起する。キャンバスの木枠が姉の手でつくられたという記憶の回復は象徴的に重要である。それは、彼の視点と世界を分け隔てる枠がかつて彼の生きた世界でつくられたことをあらわす。よび起こされたこの記憶を通して、芸術は生の内部からあらわれることを彼は認識すると思われる。

また、このとき「たくさんの記憶が過去から押し寄せ、いままさに発せられる語のように、存在すると同時に存在しない状態で集合し」(二一九)た。それらのなかに、物語の最後にあらわれる父の手の記憶が含まれると思われる。この時点ではおそらくまだ彼の意識に明瞭にあらわれていない。かつて父の手が触れた木工道具はその記憶を惹起すると思われ、「いままさに発せられる語のように」記憶の深層からあらわれるところであり、おそらく「自分がどれほど愛されていたか、あなたはまったく気づかなかった」（二二一）という姉のことばにも触発され、父の愛の記憶と結びついた手の映像へ彼を導く。

物語の最後の描写は、オリヴァーが五歳か六歳のころに病気を患ったときの回想である。彼は暗い部屋のベッドで寝ている。不意にドアが開き、父があらわれる。オリヴァーは眠っているように装い、目を閉じている。父の手が後頭に触れるのを感じる。その瞬間に浮揚する不思議な感覚を経験する。次はその記述である。

なんという不思議な感触だったか。近しい人の手でないようであり、そもそも手の感触というよりもむしろ異世界から近づいて来るなにかのようだった。頭の重量が消失し、いや存在全体の重量が消失し、その瞬間、わたしはベッドを離れ、部屋を離れ、自分自身も離れ、わらや葉や羽根のように漂い、浮揚しているようだった。心地よい永遠の暗闇のなかで得られる安心感だった。（二五〇）

オリヴァーの記憶の発掘はこの瞬間の発見に至る。このとき目を閉じていることはもちろん象徴的である。この描写でも象徴的なドアが言及されるが、それは映像の奥に後退し、主体と客体を分離しない。彼はその「心地よい永遠の暗闇のなかで」他者の存在を感じる。アトリエで、「あなたはものだけを描く。……人物を描くときでさえ、もののような存在に変換する」（一一一）とポリーが言い放ったことを思い出すとよい。最後の映像の中心は世界のなかで存在する「わたし」であり、その記述は彼の求める家庭、存在の場所を示唆する。

オリヴァーはこの発見を経てふたたび絵筆をとることが示唆される。描くのは「われわれ四人が手をつなぎ、輪舞する集団の映像」であるか、「輪舞のそばでわたしが青いギターを物悲しくつま弾く映像」だろうと言う。それは、「わたし」の存在の場所を示唆する映像である。つづけて、「過去のわたしはいまでは非現実的な存在のように見える」（二四九）とも語り、画家として再生すると予想される。

以上のように、『青いギター』の言語と比喩と主題にハイデガーの影響は顕著に認められる。バンヴィルはハイデガーの思想圏で創作する。近代の言語の劣化を憂えたスタイナーがハイデガーの言語実践にヒューマニズムの再生の可能性を見出そうとしたように、バンヴィルもまたハイデガーの思想に依拠して言語による秩序の構築を試みる。知的で、人間的で、創造的な同時代人の営みであり、いまハイデガーの遺産を継承する意義を伝える。

注――

（1）George Steiner, *Martin Heidegger: With a New Introduction*（1978; Chicago UP, 1987）p.

viii. G・スタイナー『ハイデガー』生松敬三訳（岩波書店、一九九二）三ページ。

（2）George Steiner, *Language and Silence: Essays on Language, Literature, and the Inhuman* (Atheneum, 1958) p. 19. ジョージ・スタイナー『言語と沈黙——言語・文学・非人間的なるものについて』由良君美ほか訳（せりか書房、二〇〇一）三五ページ。

（3）Steiner, *Martin Heidegger: With a New Introduction* p. 9. スタイナー『ハイデガー』五八ページ。

（4）Thomas Kalary, "In Search of Traces of Mindfulness in Today's Heidegger-research," *Heidegger Studies* vol. 26 (2010): p. 52.

（5）Steiner, *Martin Heidegger: With a New Introduction* p. 45. スタイナー『ハイデガー』一一三ページ。

（6）Ibid. pp. 83, 87. 前掲書、一六七、一七三ページ。

（7）『青いギター』の引用は、John Banville, *The Blue Guitar* (Penguin, 2015) から。

（8）John Banville, "Physics and Fiction: Order from Chaos," *The New York Times*. Online.

（9）Steiner, *Martin Heidegger: With a New Introduction* p. 47. スタイナー『ハイデガー』五七ページ。

（10）Martin Heidegger, *Basic Writings: from Being and Time (1927) to The Task of Thinking*

(1964) ed. David Farrell Krell (Routledge, 2011) pp. 105-6. マルティン・ハイデッガー『芸術作品の根源』関口浩訳（平凡社、二〇〇八）五七ページ。

（11）Steiner, *Martin Heidegger: With a New Introduction* p. 46. スタイナー『ハイデガー』一一四ページ。

あとがき

作家バンヴィルの印象を語ろうとすると、elusiveという語を思い浮かべる。日本語に適語が見あたらないので英語をつかうが、既存の枠に入れようとするとするりと滑り出してしまう印象である。この印象は、バンヴィルの研究を一冊の書物にまとめたいまでも変わらない。彼にかんする紹介記事の類は多いが、簡にして要を得た文章はまだないと思う。とらえにくいことをあえて否定せず、既存の枠の攪乱者、トリックスターのような存在として見るとよいかもしれない。

たとえば時間の秩序について、バンヴィルはトリックスターのようにそれを攪乱する。過去と現在は語として異なり、われわれの意識で明確に区別され、たいてい対比的につかわれる観念だが、彼の文学はこの常識を覆す。登場人物は過去に生きているとか、視覚がとらえる光は過去のものであるといった記述があらわれ、読者は過去と現在が明確に区別されない世界を経験し、日常の時間の秩序を離れる。

独特の言語表現が表現する物語世界の空間も独自である。バンヴィルがよくつかう、「わたしはそこにいる」(“I am there”)という表現が示すように、しばしば日常の感覚を遊離した空間が広がる。語りの視点を「ここ」(“here”)に置くという常識を覆し、「そこ」と結びつけることでシュールレアリスムを想起させる歪んだ空間を創出する(第七章)。日常の現実の記述にとつぜん語り手の夢や想像が反映したり重ね合わされたりすることもあり、しばしば現実と夢の境が明瞭でない世界があらわれる。

一般に本書のような個人の文学を論じる試みは、作家の思想とその表現の方法を明らかにするものだが、バンヴィルはそもそも自我の観念を認めない。人はさまざまな生の環境、さまざまなコンテクストで多様な自我を創出し、それを演じつづけると考える(第六章)。彼の語り手たち、フレディ・モンゴメリやマクス・モーデンやアレクサンダー・クリーヴらは彼が創作した人物であり、同時にまた彼が演じる自我でもある。クリーヴは役者であり、虚構の人物を演じるとき、もう一人の演じない自分は消失するようだと語る(第八章)。バンヴィルは彼のテクストで一連の虚構の自我すなわち語り手を演じながら、作家としての自我がテクストの外部で消失するように感じているかもしれない。だから作家バンヴィルの本質をとらえようとしても、おそらく批評の網をすり抜ける。「書かないことはできない」と彼は対談で語る(第四章)。テクストを生産し、そのなかで新しい自我を創出し、演じ、生きる。バンヴィルはそういう作家である。

バンヴィルの読者はこうした特徴をもつ非日常の世界へ導かれ、ときに困惑しながら、現実世界に対する新しい視点を知る。彼がよく言及する不思議の国のアリスのように、「なんて奇妙な感覚！」と感じるかもしれない。彼のテクストに日常の現実の再現を期待してはいけない。それはリアリズムとまったく異なる文学であり（第一章）、トリックスターが演出する異界である。

日常の現実を超越する視点を、バンヴィルは膨大な読書の経験を積み上げて構築する。書評などでしばしば哲学小説家の呼称が与えられるように、彼の哲学の造詣は深い。本書はこの呼称を追認するが、哲学に精通する小説家というよりも、むしろ小説を創作する哲学者ととらえるほうが現実に近いように思う。彼の文学を知るために、哲学を含む幅広い教養が求められるが、本書はそのほんの一部を仮想の本棚からとり出し、彼の主要な物語と関連づけ、彼の思想と創作の方法を明らかにする。結果的に新しい批評の形式を実践することになり、方法を模索しながら執筆することになった。実験的、創造的で、楽しい仕事だった。

バンヴィルは同時代を代表する作家だが、彼のテクストにかんする批評はまだ発展途上である。これからさまざまな論考が英語だけでなく日本語でも生産され、その蓄積を経て良質の批評へ発展すると思われるが、本書はその過程をいくらか推進できたのではないかと思う。

第一章から第五章までと第七章と第九章は、二〇一八年から二〇二二年まで『西南学院大学英語英文学論集』とその継続誌の『西南学院大学外国語学論集』に〈ジョン・バンヴィルの本棚〉として連載された。一冊にまとめるにあたってこれらのすべてに加筆した。序論と第六章と第八章は書き下ろしである。

最後に、わたしが英文学の研究をはじめたころからほぼ四半世紀が経ち、そのあいだにさまざまな機会にご指導やご助言をくださった方々があることを記し、この場で謝意を記したい。わたしが若かったころからずっと気にかけてくださり、広い人脈をつかってわたしの著作を紹介しつづけてくださった立石弘道先生にお礼を伝えたい。バンヴィルの研究をはじめるきっかけを吉田徹夫先生にいただいたと記憶する。同時代作家にかんする情報は断片的なものが多く、文献を集める困難があったが、必要な環境のほぼすべては西南学院大学図書館で提供されたことも、感謝とともに記したい。前著につづき、本書の出版を開文社出版に引き受けていただいた。同社の丸小雅臣社長に心からお礼を申し上げる。

二〇二三年九月　著者

ま行

や行

ら行

さ行

索　引

あ行

か行

著者紹介

加藤 洋介（かとう ようすけ）

1972 年、愛知県に生まれる。西南学院大学外国語学部教授。専攻は英文学。

著書　『D・H・ロレンスと退化論——世紀末からモダニズムへ』（北星堂書店、2007）
『異端の英語教育史』（開文社出版、2016）

訳書　R・ノウルズ編『シェイクスピアとカーニヴァル——バフチン以後』（共訳、法政大学出版局、2003）
R・ウィリアムズ『モダニズムの政治学——新順応主義者たちへの対抗』（九州大学出版会、2010）
R・オヴァリー『夕闇の時代——大戦間期のイギリスの逆説』（九州大学出版会、2021）

ジョン・バンヴィルの本棚
——伝統と個人の才能　（検印廃止）

2023年10月30日　初版発行

著　者	加　藤　洋　介
発 行 者	丸　小　雅　臣
組 版 所	株式会社 啓文堂
カバー・デザイン	松　川　由利子
印刷・製本	日本ハイコム株式会社

〒 162-0065　東京都新宿区住吉町 8-9

発行所　**開文社出版株式会社**

電話 03-3358-6288　FAX 03-3358-6287

https: www.kaibunsha.co.jp

ISBN 978-4-87571-894-9　C3098